Friedrich Kunstmann

Afrika

AF130242

Anatiposi

Friedrich Kunstmann

Afrika

Unveränderter Nachdruck der Originalausgabe von 1853.

1. Auflage 2023 | ISBN: 978-3-38205-262-1

Anatiposi Verlag ist ein Imprint der Outlook Verlagsgesellschaft mbH.

Verlag: Outlook Verlag GmbH, Zeilweg 44, 60439 Frankfurt, Deutschland
Vertretungsberechtigt: E. Roepke, Zeilweg 44, 60439 Frankfurt, Deutschland
Druck: Books on Demand GmbH, In de Tarpen 42, 22848 Norderstedt, Deutschland

Erst unter Gregor VII. findet sich wieder ein Erzbischof von Carthago, welchen der Papst wegen seiner Standhaftigkeit im Leiden belobt [73]).

Der Sitz des Erzbisthumes war wahrscheinlich in dem nahe gelegenen Tunis, in welchem sich auch später noch eine bedeutende Christengemeinde findet [74]).

Außerdem befanden sich zu jener Zeit noch Christengemeinden in Mehadia, in Tlemsen, wo die Christen frei und ungestört ihren Cult ausüben durften, und in Marocco, wo noch Sprößlinge des alten gothischen Königsgeschlechtes lebten [75]).

Die Zahl der Bischöfe aber hatte sich im Jahre 1076 bereits auf zwei vermindert, von denen Einer im nämlichen Jahre von Gregor VII. nach Afrika gesendet wurde [76]).

Die Weihe dieses Bischofes, die Gregor selbst vorgenommen hatte, zeigt zugleich, daß der Papst in freundschaftliche Verbindung mit dem Fürsten Naser aus dem Stamme der Beni-Hammad, dem Gründer der Stadt Bugia getreten war. Dieser Fürst hatte den Priester Servandus nach Rom gesendet, um dort die Bischofsweihe zu empfangen und zugleich ein für den Papst äußerst werthvolles Geschenk beigefügt, die Freiheit gefangener Christen, denen er die Rückkehr nach Italien gestattete [77]).

Der Papst dankte dem Fürsten für diese freundliche Gesinnung und die römischen Patricier Albericus und Cencius sandten ihm maurische Sklaven zum Zeichen der Anerkennung seines Edelmuthes.

Dem Erzbischofe Cyriacus von Carthago aber gab Gregor VII. die Nachricht, daß er den Servandus zum Bischofe geweiht habe, und zugleich den Auftrag, noch einen Priester zum Empfange der Bischofsweihe nach

Afrika

vor

den Entdeckungen der Portugiesen.

Fest-Rede

auszugsweise gelesen in der

öffentlichen Sitzung der k. Akademie der Wissenschaften

zu München

zur

Nachfeier ihres vierundneunzigsten Stiftungstages

am 29. März 1853

von

Dr. Friedrich Kunstmann,

ordentlichem Mitgliede der historischen Klasse der k. b. Akademie der Wissenschaften.

München, 1853.
Auf Kosten der k. Akademie.
J. G. Weiß, Universitätsbuchdrucker.

Afr 150.2

~~I, 1192~~

Die Geschichte der Erdkunde hat sich in unserer Zeit mit besonderer Vorliebe den Perioden zugewendet, welche den großartigen Entdeckungen der Portugiesen und Spanier in Afrika und Amerika vorhergegangen sind [1]).

Diese Richtung, welche die Wissenschaft in neuerer und neuester Zeit genommen hat, kann nicht blos als neu empfohlen, sie muß auch vom Standpunkte der historischen Kritik als die allein richtige anerkannt werden.

Mit den Seereisen der Portugiesen nach Afrika, mit der Entdeckung Amerika's durch die Spanier beginnt zwar im fünfzehnten Jahrhunderts eine neue für die geschichtliche Darstellung der Erdkunde allerdings so bedeutende Epoche, daß keine der späteren Entdeckungen ihr auch nur im annähernden Verhältnisse gleichkommen kann.

So gewichtig auch diese Epoche für die Entwicklung der Erdkunde ist, so wenig sich ihr hervorragender Werth im Verhältnisse zu den übrigen Perioden verkennen läßt, so kann doch dieser letztere nur dann eine volle und entschiedene Anerkennung finden, wenn zuerst die Frage gelöst ist, ob denn

1 *

4

auch alle diese Entdeckungen wirklich Entdeckungen im gegenständlichen Sinne des Wortes sind, insoferne sie uns wirklich neue, bis dahin gänzlich unbekannte Länder kennen lehrten, oder ob sie nur Entdeckungen im Verhältnisse zu ihrer Zeit waren, welche dem Entdecker und seinen Zeitgenossen zwar neu, in der That aber nur wiederholte Auffindungen früher bekannter, aber in Vergessenheit gerathener Länder waren.

Die Lösung dieser Frage kann aber nur aus einer genauen Beschreibung der Kenntnisse hervorgehen, welche in den vorhergehenden Perioden theils durch die Verbindungen des Handels und der Schifffahrt, theils durch die wissenschaftlichen Bearbeitungen der Erdkunde vorhanden waren, und in den Karten der verschiedenen Perioden niedergelegt sind.

Zu den Fortschritten, welche die Wissenschaft in der neuesten Zeit errungen hat, gehört gewiß die verdienstliche Sorgfalt, welche sie den nur zu lange vernachläßigten Karten angedeihen ließ; denn durch ihre Kenntniß und richtige Würdigung können Untersuchungen, wie die hier genannten, nur gefördert werden [2]).

Unter den Zeitabschnitten, welche der neuen Epoche vorhergehen, ist das vierzehnte Jahrhundert von besonderer Wichtigkeit, weil es als die Vorbereitungsperiode betrachtet werden muß, aus welcher sich die spätern großen Ereignisse entwickelten.

Für Afrika aber ist es außerdem noch von besonderer Bedeutung, weil es einerseits den Schlußpunkt für die geographischen Kenntnisse bildet, die man von der Ausdehnung dieses Erdtheiles hatte, andrerseits aber gerade in diesem Jahrhunderte im Innern dieser uns noch gegenwärtig mannigfach räthselhaften Länder zum ersten Male in der Mittheilung eines Zeitgenossen eine vielgenannte Stadt erscheint, welche erst in unserer Zeit von einem europäischen Reisenden näher beschrieben wurde, und zugleich die Kenntniß von Inseln auftaucht, welche den Uebergang zur Erdkunde des folgenden Jahrhunderts bildet.

Diese Gründe machen eine umfassende Beschreibung Afrika's im vierzehnten Jahrhunderte wünschenswerth, von welcher hier nur eine Skizze geboten werden soll.

Afrika zählte im Laufe des vierzehnten Jahrhunderts vom rothen Meere bis zum atlantischen sieben Staaten von verschiedener Größe und Bedeutung.

In Aegypten herrschte seit geraumer Zeit die Dynastie der Mameluken. Tripolis unter der Herrschaft der Beni-Amer war ein neuer, durch die Hilfe Genua's erst in der Mitte desselben (1355) entstandener Staat. Tunis stand seit dem Anfange des dreizehnten Jahrhunderts unter der Herrschaft der Abu-Hafs. Bugia wurde von einem Zweige desselben Geschlechts regiert. Tlemsen gehorchte seit älterer Zeit dem Stamme der Beni-Zian. Die Staaten von Fez, Marocco und Sedgelmessa endlich waren den Beni-Merin unterworfen.

Zu diesen sechs islamitischen Staaten kam als siebenter noch ein christlicher von kurzer Dauer hinzu, nämlich das aus zwei kleinen Inseln bestehende Fürstenthum Gerbi, mit welchem Bonifaz **VIII.** die Familie Loria belehnt hatte [3]).

Unter den islamitischen Staaten vermochte weder die Gemeinschaft des Glaubens, noch die gemeinschaftliche Abstammung den Frieden zu erhalten.

Nach dem Beispiele der Almohaden, ihrer Vorgänger im Reiche, suchten die Beni-Merin ihre Herrschaft über die Nordküste auszudehnen. Sie eroberten Tunis, das sie jedoch nur für kurze Dauer behaupten konnten, und brachten Tlemsen für eine Reihe von Jahren in den Zustand der Abhängigkeit.

Bugia und Tunis, obwohl Fürsten eines Stammes angehörig, bekriegten sich unaufhörlich. Mit Tlemsen hatte Bugia gleichfalls Krieg geführt. Auch mit den mohamedanischen Fürsten Spaniens hatten Zerwürfnisse stattgefunden, welche die Staaten Afrika's öfters zu Bündnissen mit den Fürsten des christlichen Abendlandes veranlaßten [4]).

Mit dem christlichen Abendlande standen die genannten Staaten während dieses Jahrhunderts, wenige Unterbrechungen in der zweiten Hälfte desselben abgerechnet, in besserem Vernehmen als mit ihren Glaubensgenossen.

Vom zehnten Jahrhunderte an finden sich Niederlassungen christlicher Kaufleute an den Küsten Afrika's, welche der Islam begünstigt hatte [5]).

Die Bande des Verkehrs, die durch diese Niederlassungen befestigt worden waren, hatten sich allmählich erweitert und umfaßten im vierzehnten Jahrhunderte an der Nordküste wie an einem Theile der Westküste eine Reihe von Handelsplätzen, welche den Christen ebenso zugänglich waren, wie den Bekennern des Islam.

In Aegypten waren Alexandria, Cairo, mehr bekannt unter dem Namen Babylon, und Damiette die vorzüglichsten Handelsplätze für die Völker des christlichen Abendlandes und des islamitischen Spaniens.

In den kleineren Staaten der Nordküste waren Tripolis, Mehadia, Tunis, Bona, Bugia, Algier und Oran die Plätze, in denen sich das regste Leben des Verkehrs zeigte [6]).

In den Staaten von Fez und Marocco hatte sich der Zug des Handels an der Küste besonders nach den Häfen von Ceuta, Arzilla, Sale, Rabat, Anafe, Azamor und Saffi, im Innern des Landes nach den Städten Fez, Mequinez und Marocco gewendet.

Diefe Berbindungen hatten aber nicht nur die getrennten Küften des mittelländifchen Meeres gleichfam vereinigt, fie hatten auch das atlantifche Meer mit in den Bund gezogen, und erftreckten fich bis nach Brügge in Flandern.

Brügge bezog fchon im dreizehnten Jahrhunderte Wachs, Leder, Pelzwaaren und Gummi aus Fez und Marocco, Datteln und weißen Alaun aus Sedgelmeffa, Wolle, Leder, Säfte und Federalaun aus Tunis und Bugia, Pfeffer, alle Arten von Gewürzen und Brafilienholz aus Aegypten, und hatte folche Verbindungen mit Afrika auch noch im folgenden Jahrhunderte bewahrt [7]).

Für das Abendland war insbefondere Aegypten als Stapelplatz für die Waaren aus Indien von großer Bedeutung. Seit dem Ende der Kreuzzüge hatte es wieder fo an Macht und Reichthum gewonnen, daß wiederholt der Verfuch gemacht wurde, den Handel mit Aegypten zu verbieten, um dadurch die Macht feines Herrfchers zu vermindern.

Die genannten Küftenftädte, die das Morgen- und Abendland mit dem Norden Afrika's verbanden, bildeten aber auch eben fo viele Thore für den Eintritt in die große Wüfte, die Nigritien vom Norden trennt, und für den Verkehr fowohl mit dem Inneren als mit den Ländern an der öftlichen und weftlichen Küfte.

Die islamitifchen Reiche im Innern, mit welchen diefer Verkehr ftattfand, waren nach den Berichten der gleichzeitigen Geographen Tekrur, Gana, Melli, Takedda, Burnu und Kanem [8]). Der bedeutendfte diefer Negerftaaten war Melli. Seine Gränze begann im Weften mit der Oafe Walet, begriff in fich die Städte Kabra, Zagha, Timbuctu und Kuku am Joliba und fchloß im Often mit der Stadt Muli im Lande Lemlem.

Die näheren Verhältnisse dieser Reiche sind uns unbekannt, selbst ihre Lage läßt sich nur bei einigen und auch nur bei diesen aus den Berichten neuerer Reisender bestimmen.

Diese wenigen Kenntnisse verdanken wir aber vorzugsweise den Verbindungen des Handels und den mit diesen zusammenfallenden Reisenden.

Aus dem Norden Afrika's konnte man in das Innere desselben damals wie heute nur auf den Wegen vordringen, die sich der Handel gebahnt hatte, und nur durch den Anschluß an eine der vielen Karawanen, die das große Sandmeer nach allen Richtungen durchziehen, konnte der Reisende hoffen, das ersehnte Ziel, wenn auch nicht sicher, doch weniger gefährdet erreichen zu können.

In den Staaten der Neger bedurfte man nach dem Berichte eines gleichzeitigen Reisenden nicht mehr des Anschlusses an eine Karavane, doch mochte auch hier nur selten die Wißbegierde des Einzelnen von den herkömmlichen Wegen des Handelszuges abweichen [9]).

So erscheint denn der Handel in diesem Jahrhunderte als die Quelle der geographischen Kenntnisse, die man von Afrika hatte, und es ergiebt sich für die Kenntniß, die man von der Ausdehnung dieses Erdtheiles in jener Zeit hatte, die weitere Schlußfolge, daß die Gränzen der Handelsverbindungen in der Regel auch zugleich die Gränzlinie für die geographischen Kenntnisse bildeten.

Im Innern Afrika's waren es die bereits erwähnten Negerstaaten an den Ufern des Zollba, wohin sich die Züge des Handels erstreckten, und welche deßhalb auch die gleichzeitige Erdkunde der Araber, wenn auch nur in höchst allgemeinen Zügen, kennt.

Timbuctu erscheint in dem schon erwähnten Reiseberichte zum ersten Male in der Erdkunde der Araber, und wird uns in diesem noch keineswegs als der bedeutende Handelsplatz geschildert, als welcher es in der folgenden Zeit vorkommt, so daß der Vermuthung Raum geboten ist, die Gründung dieser Stadt dürfte in eine spätere Zeit fallen, als die herkömmliche Annahme sie festsetzt [10]).

Eine Karte des Abendlandes dagegen, welche, wie an mehreren Stellen ersichtlich ist, aus arabischen Quellen geschöpft hat, die in neuerer Zeit vielbesprochene katalanische Karte von 1375, kennt bereits die Handelsstraße von Darha nach Timbuctu, die uns Caillié beschrieben hat [11]). Sie kennt auch Melli als das Reich des Königes Musa, eines mächtigen Herrschers über die Neger der Guinea, der deßhalb als der reichste und angesehenste Beherrscher des ganzen Landes geschildert wird, weil sich in seinem Lande das Gold in Ueberfluß findet. Sie zeigt uns ferner in der Guinea Tagaza, Sudam und Melli als Städte mit Mauern und Thürmen. Nur Tenbuch (Timbuktu) ermangelt derselben, so daß die Zeichnung der Stadt im Gegensatze zu den übrigen wirklich der Schilderung entspricht, welche in späteren Berichten von ihr enthalten ist [12]).

Eine genauere Kenntniß Timbuktu's war aber gerade in dem Lande, aus welchem die Karte stammt, um so leichter möglich, als Verbindungen Timbuktu's mit dem maurischen Reiche Granada häufig stattgefunden zu haben scheinen.

Die Erbauung der steinernen Moschee und des königlichen Palastes, der beiden allein merkwürdigen Gebäude der Stadt, wird von Leo, dem Afrikaner, einem kundigen Baumeister aus Granada zugeschrieben, und Jbn-Batuta, der Verfasser des schon öfter erwähnten gleichzeitigen Reiseberichtes, belehrt uns, daß zu den Merkwürdigkeiten der Stadt das Grabmal des Abu-Jshac-es-Sahili, eines ausgezeichneten Dichters aus Granada, bekannt unter dem Beinamen et-Toweidjin, der im Jahre 1346 zu Timbuktu gestorben war, gehöre [13]).

Ohngeachtet dieser gewiß wichtigen Aufschlüsse, welche uns die katalanische Karte über das Innere von Afrika gewährt, können wir sie doch

nicht als ein getreues Bild der geographischen Kenntnisse bezeichnen, welche
man durch den Verkehr mit dem islamitischen Spanien im christlichen Abendlande von den Negerstaaten haben konnte, wenn wir mit ihr die weit reich-
haltigeren Berichte der arabischen Geographen vergleichen, die von ihr un-
berücksichtigt geblieben sind.

Umfassender ist die Beschreibung, welche eine andere Karte im Museum
des Cardinal Borgia darbietet, deren Vollendung in die ersten Jahre des
folgenden Jahrhunderts fallen dürfte. Auf ihr sind drei Stationen einer
Karavanenstraße in das Innere, Teigent, Aubagost und Tagaza, verzeichnet,
von den Negerstaaten sind Gana, Tekrur und Melli angegeben [14]).

Bei den portugiesischen Schriftstellern findet sich nur eine kurze Nachricht von zwei Karten aus dem Anfange des fünfzehnten Jahrhunderts,
welche den größten Theil Afrika's enthielten.

Die erste derselben, die in das Jahr 1408 gesetzt wird, gehörte dem
Cistercienserstifte zu Alcobaça, die zweite soll der Infant Pedro (1438)
nebst den Reisen Marco Polo's aus Venedig nach Lissabon gebracht haben [15]). Von beiden aber mangeln über das Innere Afrika's nähere
Nachrichten. [1]

Nach dem Berichte des Geschichtschreibers der Entdeckung der Guinea
hätten die Portugiesen das Land Melli erst 1445 durch Joao Fernandez
kennen gelernt, der sieben Monate in der Sahara verweilte [16]); allein es
ist wahrscheinlich, daß der Infant Heinrich, der Urheber der großen Seereisen, das Reich Melli aus den Quellen, welche ihm der Handel und die
erwähnten Karten boten, schon früher kannte.

Die Kenntniß, welche die Erdkunde der Araber von dem äußersten
Westen Afrika's hatte, ist fast so schwierig zu bestimmen, als die Lage der
einzelnen islamitischen Reiche in Nigritien.

Die Verbindungen des Handels mit dem Punkte, der uns als der südlichste an der Westküste bezeichnet wird, können hier keine unmittelbaren gewesen seyn, da der vorzüglichste Gegenstand desselben in der Nähe der Stationen bezogen werden konnte, von welchen aus uns die ziemlich bedeutende Entfernung bis zur westlichen Gränze der geographischen Kenntnisse angegeben wird. Die Kenntniß desselben kann daher nur aus den Nebenzweigen der Handelsverbindungen entstanden seyn.

Im vierzehnten Jahrhunderte selbst findet sich keine eigenthümliche Beschreibung dieser westlichen Gränze, denn die Nachricht über sie ist älteren Quellen entnommen [17].

Diese älteren Berichte kommen zwar alle darin überein, daß sie diesen Punkt Ulil nennen, aber die näheren Beschreibungen desselben stimmen unter sich nicht überein, und nur eine derselben, die für den der arabischen Sprache nicht Kundigen erst in der neuesten Zeit bekannt gegeben wurde, ist so gehalten, daß sich aus ihr die geographische Lage Ulil's wenigstens mit Wahrscheinlichkeit ermitteln läßt.

Nach Jbn Said, dem wir diese Mittheilung verdanken, liegt die Mündung des Nils von Gana unter dem vierzehnten Breitegrade.

Vor der Mündung dieses Nil in einer Entfernung von anderthalb geographischen Graden befindet sich die Salzinsel. Ihre Länge beträgt von Norden nach Süden über zwei Grade, ihre Breite einen halben Grad. Im äußersten Süden derselben ist die Stadt Ulil, bestehend aus Wohnungen von Stroh und Schilf. Die Bewohner nähren sich von Fischen und Schildkröten, treiben aber einen großen Handel mit Salz. Ihre salzbeladenen Schiffe gehen den Fluß hinauf und versehen die an seinen Ufern gelegenen Länder mit demselben. Es ist dieses das einzige Salz, welches in den Ländern der Neger sich findet. Stidwärts von der Salzinsel liegt in der Entfernung eines halben Grades die Bernsteininsel. Ihre Länge beträgt

zwei Grade, ihre größte Breite zwei Drittheile eines Grades. Man nennt
sie auch wegen der großen Menge der Schildkröten, die dort vorhanden sind,
die Insel der Schildkröten. Die Einwohner machen auf diese Thiere Jagd,
schneiden ihr Fleisch in Stücke und bringen es in die benachbarten Länder.
Auf dieser Insel findet sich auch Bernstein im Ueberflusse. So lautet die
genaueste Beschreibung Ulil's, die wir besitzen [¹⁷]).

Nimmt man nun den von Ibn Said bezeichneten Breitegrad als wahrscheinlich an, so würde sich daraus ergeben, daß die Mündung des Flusses,
welchen der arabische Geograph hier benennen will, die des Gambia wäre,
denn die Benennung Nil gebrauchten die Araber von jedem bedeutenden
Flusse, der dem Inneren Afrika's entströmt, und fügten dieser Bezeichnung
nur nach der Mündung im Osten oder Westen verschiedene Beinamen als
unterscheidende Merkmale bei.

Westlich von der Mündung des Gambia findet sich aber in der bezeichneten Entfernung keine Insel, es müßten daher, die Wahrscheinlichkeit
der Berechnung vorausgesetzt, die angegebenen Grade in nördlicher oder
südlicher Lage von der Mündung des Flusses angenommen werden. Im
Norden des Flusses könnte man hier allerdings an die capverdischen Inseln,
auf welchen sich gegenwärtig noch Salz findet, an die Inseln Boa-Vista,
Mayo und Sal denken.

Auf diesen Inseln befinden sich zwar durch die Meeresfluth erzeugte
Salinen, allein es findet sich keine Spur, daß zur Zeit ihrer Entdeckung
durch die Portugiesen hier ein Salzhandel nach den Negerländern stattgefunden habe, denn die beiden ersteren werden noch im sechzehnten Jahrhunderte, die Insel Sal aber, die durch die Anhäufung des krystallisirten
Salzes gewissermaßen zu einer Salzquelle geworden war, wird bis zur
neueren Zeit als unbewohnt geschildert [¹⁸]).

Auf dem Gambia findet sich weder zur Zeit der Entdeckung deffelben durch die Portugiesen, noch gegenwärtig ein Salzhandel, und es übrigt somit nur einen füdlicher gelegenen Fluß, auf welchem ein folcher Handel stattfand, anzunehmen, denn der arabische Geograph wollte mit der Benennung Nil von Gana, wie schon bemerkt wurde, nur einen nach Westen sich mündenden Fluß bezeichnen.

Dieser Fluß ist der Rio Grande. Als die Portugiesen ihn 1456 entdeckten und wie immer nach dem Verkehr mit edlen Metallen fragten, vernahmen sie, daß an den Ufern des Fluffes Handel von geringer Bedeutung mit Gold getrieben werde, welches aus dem Lande der Mandingos kam. Die Neger der Küsten brachten nämlich Salz in das Innere und taufchten dafür Gold, Sklaven und Reis ein [20].

Diefes Salz wird noch gegenwärtig von den Negern der Küste aus alkalischen Pflanzen gewonnen und den Fluß hinauf nach den Presidios von Geba und Farim gebracht, von wo es die Mandingos in das Innere führen.

Es gilt als werthvolle Waare, weil es das einzige in diefen Ländern ist und die Mandingos und Fulahs deffelben gänzlich ermangeln. Bereitet wird es befonders auf der Insel Biffao, aber auch in Cacheu [21].

Die Insel Biffao dürfte daher nach diefen noch gegenwärtig bestehenden Handelsverhältniffen die Salzinsel des Ibn Said feyn; auch sind die ärmlichen Hütten und die Nahrung ihrer gegenwärtigen Bewohner noch immer fo befchaffen, wie sie der arabische Geograph im dreizehnten Jahrhunderte gefchildert hat.

Seitwärts von der Insel Biffao liegt die Insel Bolama, auf welcher sich Bernstein in großen Vorräthen und Schildkröten im Ueberfluffe finden [22].

Die Entfernung der Salzinsel von der Mündung des Nil von Gana stimmt zwar nicht mit der der Insel Biffao vom Rio Grande überein, allein man darf diese Angabe gewiß als unrichtig betrachten, da auch die Größe der Salzinsel offenbar unrichtig angegeben ist, denn keine der Inseln an der Westküste übersteigt an Länge die Ausdehnung eines Grades, während Ibn Said für die der Salzinsel sogar zwei Grade in Anspruch nimmt.

Die Kenntniß Ulil's erlangte die Erdkunde der Araber nur durch den Landhandel; dieß zeigen die zwei Ausgangspunkte deutlich, durch welche uns eine kürzere und eine längere Entfernung bezeichnet wird.

Der kürzere Weg führte von Sedgelmessa in ungefähr vierzig Tagen nach Ulil, auf dem längeren vom Cap Nun aus gebrauchte man dagegen zwei Monate, weil er fortwährend an der Meeresküste fortlief[23]).

Nimmt man aber auch die Lage Ulil's am Rio Grande als die wahrscheinlichste an, so kann doch dieser Punkt durchaus nicht die äußerste Gränze des Landhandels gewesen seyn, denn es finden sich im christlichen Abendlande Kenntnisse von der Westküste, welche weit darüber hinausgehen und doch nur aus Handelsverbindungen erworben werden konnten.

Die Genueser waren schon im zwölften Jahrhunderte dreizehn Tagreisen weit über Sedgelmessa vorgedrungen und hatten auch von Ceuta aus Missionen in das Innere unternommen[24]).

Im vierzehnten Jahrhunderte hatten die Venetianer vom Sultane zu Tunis vertragsmäßig die Erlaubniß erhalten, durch das ganze Gebiet von Tunis in Karavanen zu ziehen, ihre Thiere drei Tage lang überall auf die Weide zu bringen und den Schutz der Obrigkeit für die Züge ihrer Karavanen anzurufen[25]).

Am Anfange dieses Jahrhundertes erscheint auf der Karte des Marino Sanuto schon die dreieckige Gestalt Afrika's, jedoch in unsicherem Entwurfe, auf der italiänischen Karte von 1351 tritt aber eine für ihre Zeit auffallend richtige Zeichnung der Westküste bis zum südlichen Wendekreise hervor [26]).

Solche Kenntnisse konnten aber von der Westküste nur durch den Landhandel erworben werden, denn sie waren weder in dem Gange der Schifffahrt, noch in den geographischen Werken der Araber begründet.

Auch der Infant Heinrich hatte solche Kenntnisse. Er erfuhr von einem Kaufmanne aus Oran Nachrichten über den Krieg zweier Negerfürsten im Inneren [27]). Er kannte den Zug der Karavanen von Tunis nach Timbuktu und nach Cantor am Gambia [28]). Er besaß außerdem eine genaue Kenntniß von der Beschaffenheit der Westküste, denn er schilderte den Seeleuten, die er nach der Guinea sandte, die Palmen vor der nördlichen Mündung des Nil (Senegal), welche lange Zeit noch auf den Seekarten verzeichnet wurden [29]).

Wie weit die Kenntnisse des Infanten gereicht haben mögen, läßt sich indessen aus den wenigen bis jetzt vorhandenen Anhaltspunkten nicht bestimmen, da uns nur einzelne Thatsachen hierüber bekannt sind und wir einer näheren Beschreibung der schon oben erwähnten damals in Portugal vorhandenen Karten völlig entbehren. Auf beiden Karten muß indessen ein großer Theil der Westküste gezeichnet gewesen seyn, weil im Süden ein Cap vorhanden war, welches man für das der guten Hoffnung hielt.

Weit enger als die Gränzen des Landhandels der Araber waren die ihres Seehandels an der Westküste gezogen.

Zur Zeit Edrisi's gieng die Schifffahrt nur um vier Tagreisen über die Stadt Saffi hinaus, welche früher die letzte Station für den Seehandel gewesen war und noch gegen das Ende des vierzehnten Jahrhunderts hatte sie nach dem glaubwürdigen Zeugnisse des Jbn Khaldun das Cap Run nicht überschritten [30]).

Wohl mag der Zufall, wie uns Jbn Said berichtet, ein Schiff bis zum weißen Vorgebirge verschlagen haben; eine weitere Folge hatte aber dieser Vorfall nicht, als daß die Wissenschaft ihn verzeichnete und den Nachkommen als seltenes Ereigniß aufbewahrte [31]).

Eine Erweiterung des Seehandels fand hiedurch so wenig Statt, als durch die Kenntniß der kanarischen Inseln, nach welchen sich gleichfalls der Zug ihres Handels niemals richtete.

Die arabischen Geographen kennen zwar das Daseyn dieser Jnseln, aber nur nach Mittheilungen der von ihnen sorgfältig benützten Geographen des Alterthumes [32]). Von Verbindungen mit denselben findet sich keine Spur.

Jm christlichen Abendlande dagegen hatte man von den Jnseln eine durch einzelne Ereignisse an denselben öfters erneuerte Kenntniß, die aber ohne andauernde Folge blieb, da sich erst am Ende der ersten Hälfte des vierzehnten Jahrhundertes eine italiänische Niederlassung auf denselben findet.

Schon im dreizehnten Jahrhunderte verbreitete sich die Sage, daß eine bewaffnete Flotte der Genueser zu den Jnseln gelangt sei [33]). Von da wiederholen sich die Nachrichten über einzelne Schiffe, welche aus verschiedenen Veranlassungen dasselbe Ziel erreicht haben sollen, ohne dadurch den Zeitgenossen eine nähere Kenntniß derselben zu verschaffen [34]).

Erst im Jahre 1341 fand eine Unternehmung Statt, welche es sich zur Aufgabe machte, Zahl und Beschaffenheit der Jnseln näher kennen zu lernen. Genueser, Florentiner und Castilianer hatten in diesem Jahre den

König Alphons IV. von Portugal zu dieser Unternehmung veranlaßt, welche am ersten Juli von Lissabon abgieng, mit günstigem Winde in fünf Tagen nach den Inseln gelangte, die man damals gewöhnlich die wiedergefundenen nannte (quas vulgo reportas dicimus), und in den ersten Tagen des November wieder nach Lissabon zurückkehrte.

Der Bericht über diese vier Monate dauernde Untersuchung, welcher nur unvollständig erhalten ist, zählt dreizehn Inseln auf, eine Zählung, die allerdings richtig ist, wenn man die beiden großen öden Klippen am Anfange der östlichen Inselgruppe (Roquete del Oeste und Roquete del Este) als Inseln betrachtet.

Von diesen Inseln waren nur fünf in sehr ungleicher Weise bevölkert. Die Bewohner der einzelnen Inseln bedienten sich mehrerer Sprachen, welche ein gemeinsames Verständniß verhinderten, und besaßen keine Fahrzeuge, so daß man von einer Insel zur andern nur durch Schwimmen hätte gelangen können.

Die Theilnehmer dieser Unternehmung besuchten zwar alle Inseln, haben aber nur von sechs derselben eine allzu kurze Schilderung gegeben und nur eine derselben als Insel Canaria namentlich bezeichnet.

In der höchst allgemeinen Schilderung der fünf übrigen lassen sich mit einiger Wahrscheinlichkeit die Inseln Forteventura und Ferro, mit Gewißheit aber die Insel Tenerife erkennen, deren von Wolken eingehüllter Pico mit einem großen Maste verglichen wird, an welchem die von einem schildförmigen lateinischen Segel bedeckte Stange allmählig herabfällt.

Die Unternehmung bestand aus zwei größeren Fahrzeugen, welche von einem Genueser Niccolofo da Reccho und einem Florentiner Angiolino del Tegghia de Corbizzi befehligt wurden, und einem kleineren bewaffneten

Fahrzeuge. Man hatte Pferde, Waffen und Kriegsmaschinen mit sich geführt, um Städte und Schlösser einnehmen zu können; der eigentliche
Zweck der Unternehmung aber war wohl die Hoffnung auf Gewinn. Diesen
Zweck zeigt sowohl die Bemerkung, daß die Inseln nicht reich seien, weil
die Unternehmung kaum die Kosten der Seereise gedeckt habe, wie das Verzeichniß der Waaren, welche sie von dort mit sich nahmen. Von letzteren
werden erwähnt Bock- und Ziegenfelle, Fischthran, Talg, Pelze der See-
kälber, rothe Farbhölzer, gleich dem damals gesuchten Brasilienholz (verzinum), von welchem indessen die Sachverständigen bemerkten, daß es nicht
dasselbe Farbholz sei; ferner eine Baumrinde, die gleichfalls zur rothen
Farbe diente, und rothe Erde [35]).

Wenige Jahre darauf (1344) verlieh Papst Clemens VI. die Inseln
als fürstliches Lehen an Ludwig de la Cerda, einen Sprossen des spanischen
Königsgeschlechtes, auf dessen Bitte.

Ludwig de la Cerda hatte in seinem Gesuch an den Papst die einzelnen Inseln namentlich angegeben, und Clemens VI. ihm den Besitz derselben nach dieser Angabe übertragen. Das Gesuch des Lehensträgers aber,
sowie die Verleihung des Lehensherren zeigen deutlich, daß Beide die Inseln
nur aus dem Berichte des Plinius kannten [36]).

Gegen diese Verleihung erhob der König von Portugal Einsprache und
bemerkte dem Papste, die Entdeckung der Inseln sei schon früher von Portugiesen geschehen, er habe zur Erforschung derselben seine Unterthanen und
Schiffe abgesendet und sei an der wirklichen Besitznahme derselben nur
durch den Krieg mit Castilien und den maurischen Königen verhindert
worden [37]).

Da man in Portugal schon im August 1336 zum Kriege mit Castilien rüstete, der in den letzten Monaten dieses Jahres ausbrach, so lernen

wir aus diesen Worten Alphons IV. eine ältere, von der eben erwähnten Handelsunternehmung verschiedene Fahrt nach den Inseln kennen, auf welche Portugal das Recht der Entdeckung gründete [38]).

Ludwig de la Cerda gelangte nie zum wirklichen Besitze des neuen Lehens, denn er fiel kurze Zeit darauf in der Schlacht von Crecy (1346), aber die Verleihung blieb nicht ohne Erfolg, denn es fand eine Niederlassung von Seite des Abendlandes auf den Inseln Statt, mit welcher zugleich die ersten Anfänge zur Einführung des Christenthums verbunden waren [39]).

Diese Niederlassung muß von Seite Genua's ausgegangen und nach dem Tode de la Cerda's von den Genuesern behauptet worden seyn, denn Johann von Bethencourt fand nach der Eroberung der Insel Lançarote (1402) ein altes Schloß, welches Lancelot Maloesel aus der bekannten genuesischen Familie der Malocello dort hatte erbauen lassen [40]).

Dieser Niederlassung verdankt die Insel auch den Namen, welchen sie von jener Zeit an bis auf unsere Tage nur mit geringer Entstellung desselben geführt hat und noch bewahrt.

Fernere Zeugnisse für diese Niederlassung finden sich auch auf den gleichzeitigen Karten, auf deren einer auch das Andenken an den Geschlechtsnamen des Erbauers bewahrt ist.

Die italiänische Karte von 1351, welche wir der Sorgfalt des Grafen Baldelli Boni verdanken, zeigt uns die Insel Lanzaroto in das Wappen Genua's gezeichnet, welches auf den gleichzeitigen Karten bei den verschiedenen Colonien dieses Freistaates als Zeichen der Colonisation angebracht ist.

Auf der Karte der Gebrüder Pizigani von 1367 findet sich bei derselben Insel das Symbol des Christenthums angebracht [41]).

3 *

Auch auf der katalanischen Karte von 1375 findet sich noch das Wappen Genua's im Westen der Insel, an dem einen der beiden oberen Enden des Schildes aber eine Krone mit einem Kreuze zum Zeichen der Herrschaft und der Verbreitung des Glaubens. Auf derselben Karte steht zwischen der Insel, die hier Lanzairto genannt wird, und der kleineren Insel Deli Vegi Mari, die jetzt Lobos heißt, der Name Maloxelo [42].

Auf allen drei Karten finden sich mit Ausnahme der Insel Canaria neue zum Theile dem genuesischen Dialekte angehörige Namen und die Benennungen des Alterthumes verschwinden von jener Zeit an von den Karten.

Ueber die Dauer der genuesischen Colonie auf der Insel Lanzarote mangelt es an Quellen. Nach der katalanischen Karte von 1375 scheint sie noch in diesem Jahre bestanden zu haben, wenn hier nicht die Angabe einer älteren Karte vorliegt, welche der Verfasser der catalanischen nur wiederholte.

Auffallend ist indessen, daß der Handel mit der Insel Canaria schon im Jahre 1369 in den Händen der Stadt Barcelona war, wie dieß eine gleichzeitige päpstliche Bulle beweist [43].

Vierundzwanzig Jahre später finden wir die Nachricht von einer Fahrt, die von Biscaya aus nach der Westküste Afrika's und den Inseln gemacht, aber nur auf Beute ausgerüstet war und keine Niederlassung nach sich zog [44].

Von dieser Zeit an müssen die Inseln die Namen erhalten haben, welche sie noch gegenwärtig tragen, denn wir finden sie in der Geschichte des Eroberungszuges, welchen der ritterliche Normanne Johann von Bethencourt am Anfange des fünfzehnten Jahrhunderts (1402) von Sevilla aus nach denselben unternahm, mit diesen Benennungen wieder.

Die Thätigkeit der Genueser für die Ausdehnung des Seehandels hat sich indessen nicht auf die canarischen Inseln beschränkt, denn auf denselben Karten erscheinen auch die Inselgruppe von Madeira und die Azoren.

Die Inselgruppe von Madeira trägt schon damals fast ganz dieselben Namen, welche die einzelnen Inseln noch gegenwärtig bewahren, es finden sich Porto Santo, die Desertas und die Selvages; nur die Königin der Gruppe wird ihres großen Reichthumes an Holz wegen die Insel Do Legname genannt, eine Benennung, welche zur Zeit der Fahrten der Portugiesen in die gleichbedeutende Madeira umgeändert worden ist ⁴⁵).

Die Azoren finden sich gleichfalls auf den drei erwähnten Karten. Sie sind theils einzeln, theils nach Gruppen benannt und erinnern durch ihre gleichfalls italiänischen Namen daran, daß ihre Benennung und Verzeichnung auf den Karten unstreitig ein Verdienst ist, welches sich die Italiäner um die Erweiterung der Schifffahrtskunde erworben haben.

Die Geschichte der Entdeckung dieser Inseln kann von dem Zeitpunkte nicht getrennt werden, in welchem die Niederlassung eines der Schifffahrt kundigen und nach Ausdehnung des Handels strebsamen Volkes auf den canarischen Inseln Statt gefunden hat; denn die Schiffe, welche von dort nach der Küste Frankreichs oder Portugals segelten, mußten nach den in den verschiedenen Jahreszeiten herrschenden Winden zu den Selvages oder zur Insel Do Legname gelangen, deren Entdeckung die der Azoren nach sich gezogen hat ⁴⁶).

Weiter gegen Westen aber, wie man öfters vermuthet hat, gieng die Schifffahrt in jener Zeit nicht, denn aus der Karte der Gebrüder Pizigani läßt sich mit Bestimmtheit ersehen, daß die Azoren der äußerste Punkt ihrer Ausdehnung waren ⁴⁷).

Die wiederholte Auffindung der Insel Porto Santo durch den Portugiesen Perestrello im Jahre 1418 geschah indessen nicht im Auftrage des Infanten Heinrich, sondern durch Zufall; wohl aber gelang die der Azoren in Folge einer Anordnung, welche der Infant gegeben hatte, die westliche Meeresgegend zu untersuchen [48]).

An der den canarischen Inseln gegenüber liegenden Küste waren der Schifffahrt, wenigstens für lange Zeit hindurch, sehr enge Gränzen gezogen, denn eine italiänische Anweisung für die Schifffahrt nach den Küsten der fernsten Länder und Inseln, die den Namen Compasso trägt, und vielleicht noch dem vierzehnten Jahrhunderte angehört, obgleich sie mit einem Handelswerke des fünfzehnten verbunden ist, sagt: Bei Saffi hört das Land auf, über Saffi hinaus findet sich kein Land mehr [49]).

Diese Bemerkung mag allerdings von dem regelmäßigen Gange, den der Handel jener Zeit nahm, gelten, aber keineswegs vom Sklavenhandel, denn das Zeugniß eines bewährten arabischen Geschichtschreibers sagt ausdrücklich, daß christliche Schiffe, welche von den canarischen Inseln kamen, mit den Gefangenen, die sie dort gemacht hatten, nach dem ganzen Magreb al Afsa handelten; auch spricht dagegen, daß spanische Kaufleute denselben Handelszweig schon sehr frühe mit dem weit südlicher als Saffi gelegenen Messa betrieben [50]).

Zu diesen Richtungen, welche der Sklavenhandel gegen den Süden Marokko's nahm, kommen auch noch Fahrten, die, wenn wir sie für glaubwürdig halten dürften, weit südlicher an der Westküste vorgedrungen wären. Es sind dieß Reisen nach dem Theile der Guinea, welche jetzt Goldküste genannt wird, und nach einem Flusse, welcher als Goldfluß bezeichnet wird.

Von Dieppe aus sollen schon im Jahre 1365 Niederlassungen an der Goldküste gegründet und längere Zeit hindurch in andauerndem Verbande mit der Mutterstadt geblieben seyn.

So bedeutend diese Nachricht für die Geschichte des Seehandels wäre, so muß sie doch deßhalb als unwahrscheinlich betrachtet werden, weil sie nur von Schriftstellern der neueren Zeit mitgetheilt wird, denen es bisher nicht gelungen ist, sie durch gleichzeitige Belege, oder durch Zeugnisse aus der Periode der portugiesischen Entdeckungen zu erproben [51]).

Ueber den Goldfluß mangelt es dagegen zwar keineswegs an gleichzeitigen Mittheilungen, allein alle diese Nachrichten gehören mehr dem Gebiete der Sage als dem der Geschichte an.

Schon auf der Karte des Marino Sanuto vom Jahre 1320 und auf einer andern gleichzeitigen Karte ist ein Fluß gezeichnet, der im Osten Afrika's entspringt, es von Osten nach Westen durchzieht und im Norden Gaetuliens sich in das atlantische Meer ergießt [52]).

Auf der italiänischen Karte von 1351 ist sein Ursprung in der Nähe der Insel Meroe angegeben. Er trennt die Chinchibeh, schwarze Menschen mit Hundsköpfen, von dem Lande der zwölf Fuß hohen Riesen, vereinigt sich vor den Mondsbergen mit noch einem Flusse, der aus der Provinz Gallo kömmt, und geht in der Provinz Ganuya nördlich vom Cap Bojador, das hier als Bochar bezeichnet ist, in den atlantischen Ocean. Die Ueberschrift hic colligitur aurum giebt uns Aufschluß, warum man ihn Goldfluß genannt hat.

Auf der Karte der Gebrüder Pizigani von 1367 führt er den gleichbedeutenden Namen Palolus, kömmt aus einem See, der an den Mondsbergen entspringt, bildet in der Mitte seines Laufes die Insel Palola, wo das Gold gesammelt wird, und geht nördlich vom Cap Bojador in den Ocean [53]).

Auf der katalanischen Karte von 1375 ist der Goldfluß nicht verzeichnet, obgleich selbst noch südlich vom Cap Bojador freier Raum gelassen

24.

ift, aber eine zur Seite angebrachte Bemerkung fagt, daß Jacob Ferrer von Mayorka aus am Lorenztage des Jahres 1346 eine Reife an den Goldfluß angetreten habe [54]).

In dem Reifeberichte eines fpanifchen Mönches, welchen uns die Verfaffer der Eroberungsgefchichte der kanarifchen Infeln aufbewahrt haben, wird der Goldfluß in Verbindung mit der Sage vom Priefter Johann gefetzt.

Der Reifende giebt das Land Dongala im chriftlichen Nubien als das Reich des Priefters Johann an; als den Wohnort deffelben bezeichnet er in auffallender Weife die Stadt Melli, den Goldfluß aber betrachtet er als einen Arm des Nil, der fich hundert und fünfzig Meilen füdlich vom Cap Bojador, hier Bugeder genannt, in den Ocean ergießt [55]).

Mit diefer Angabe ftimmt die Karte im Mufeum des Cardinal Borgia überein, welche den Goldfluß als Gränze des Reiches des Priefters Johann nach Süden betrachtet, feine Mündung in ähnlicher Lage feftfetzt, die Gränzen diefes Reiches aber von der Meerenge von Cadir bis zum Goldfluffe ausdehnt [56]).

Die Sage vom Reiche eines chriftlichen Priefterfürften, die in Afien fchon feit längerer Zeit in Abnahme gerathen war, wurde im vierzehnten Jahrhunderte in den Often Afrika's verpflanzt, und auf den chriftlichen Kaifer von Aethiopien, den die katalanifche Karte als identifch mit dem Priefter Johann erklärt, übertragen.

Sie nahm in dem Maße zu, in welchem fich die Kenntniffe über Abyffinien im chriftlichen Abendlande vermehrten, und veranlaßten am Ende des folgenden Jahrhundertes die Portugiefen zur Umfchiffung des Caps der guten Hoffnung, um dadurch an die Oftküfte Afrika's zu gelangen und mit dem Beherrscher des christlichen Reiches, dessen Macht und Ansehen in großem Rufe standen, in Verbindung treten zu können [57]).

Ebenso tiefe Wurzeln hatte in den Meinungen der Zeitgenossen die Ueberzeugung vom Daseyn eines Goldflusses geschlagen. Lange zuvor, ehe Portugal den Plan einer Einigung mit dem Priester Johann gefaßt hatte, wollte Johann von Bethencourt den Goldfluß als Wasserstraße benutzen, um auf ihr bis zum Reiche des Priesterfürsten vorzudringen [58]). Bethencourt wurde hiezu durch eine Karte veranlaßt, welche, wie die schon erwähnten Karten, den Beweis liefert, daß der Goldfluß eine Schöpfung der Sage war, welche ihn im vierzehnten Jahrhunderte mit Merkmalen ausgestattet hat, die Alterthum und Mittelalter theils für den Niger, theils für die Ausdehnung des Nils nach Westen in vorsorglicher Bereitschaft hatten [59]).

Der Versuch Ferrer's, an den Goldfluß gelangen zu wollen, kann als Thatsache nicht bezweifelt werden; ebenso erklärlich aber ist es, daß diese Reise ohne Erfolg bleiben mußte, und alle Nachrichten über den Verlauf derselben mangeln [60]).

Die Kenntniß, welche die Erdkunde der Araber von dem äußersten Osten Afrika's hatte, war durch den seit Jahrhunderten ununterbrochenen lebhaften Verkehr des Seehandels festgestellt. Als Gränze dieses Handels wird vom zwölften Jahrhunderte an die Gegend von Sofala und die Insel Kambalu genannt, ohne daß diese Gränze sich erweiterte.

Die Ursache lag in der Bauart der Fahrzeuge, welche dem heftigen Andrange der Wellen im Süden Sofala's nicht widerstehen konnten.

Von Kambalu, dem heutigen Madagaskar, gieng die Schifffahrt, wie Marco Polo sagt, nicht weiter nach Süden, weil die Meeresströmung nach jener Richtung hin mit solch ungeheurer Schnelligkeit geht, daß sie die Rückkehr unmöglich machen würde [61]).

Die südlichste Stadt im Lande Sofala, welche die Erdkunde der Araber kennt, heißt Daghuta[62]).

Das christliche Abendland erhielt die Kenntnisse der Ostküste in späterer Zeit nur aus den Handelsverbindungen mit Aegypten und Spanien, weil eine unmittelbare Betheiligung an denselben nicht mehr stattfinden konnte.

Im zwölften Jahrhunderte dagegen hatten die Pisaner sich an diesen Fahrten in einzelnen Unternehmungen betheiligt, welche sie sehr geheim hielten.

Von Cairo aus hatten sie sich mit den Zügen der Karavanen an das rothe Meer begeben und waren von dort nach Indien übergeschifft. Der Verlust ihrer geheimen Mittheilungen über diesen Verkehr und ihrer Verträge hierüber mit Aegypten bildet eine bedeutende Lücke für die Handelsgeschichte wie für die Erdkunde des Mittelalters[63]).

In späterer Zeit gestatteten die Sultane von Aegypten den Christen nicht mehr, sich an der Fahrt über das rothe Meer nach Indien zu betheiligen[64]).

Als die Portugiesen vom Cap der guten Hoffnung aus nach der Ostküste gelangten, fanden sie noch dieselbe Gränze des Seehandels vor.

Die Völker an der Ostküste kamen mit ihren schlechtgebauten Fahrzeugen über das Cap im Süden Sofala's nicht hinaus, welches die Portugiesen wegen der schnellen Bewegung des Meeres das Cap der Strömungen (cabo das correntes 23° 58′ S. B.) nannten[65]).

Aus derselben Ursache wird dieses Cap auf den älteren Karten das Cap des Teufels genannt, auf einer Karte aber, welche der Infant Don Pedro wahrscheinlich von Venedig aus (1438) nach Portugal brachte, trägt es den sehr bezeichnenden Namen Gränze von Afrika (fronteira de Africa); denn hier war, wie schon bemerkt wurde, auch später noch die Gränze des Seehandels [66]). Dieser Vorstellung entspricht auch die italiänische Karte von 1351, auf welcher die dreieckige Gestalt Afrika's am Cap Correntes abgestumpft dargestellt wird.

Auf der Karte des Fra Mauro von 1459 findet sich zwar die Nachricht von einer Reise verzeichnet, auf welcher im Jahre 1420 ein Schiff aus Indien diese Gränze überschritten habe, um die Inseln der Männer und Weiber zu suchen, die bei Marco Polo nach Asien verlegt sind, allein diese Reise dürfte schon ihrem Zwecke gemäß in das Reich der Sage gehören.

Dasselbe Verhältniß, welches schon bei der Sage vom Priester Johann erwähnt wurde, scheint auch hier obgewaltet zu haben, denn die Wohnsitze der wilden Weiber, welche ohne Gemeinschaft mit den Männern sich fortpflanzen, findet sich schon auf der Karte im Museum des Cardinals Borgia an die Südspitze Afrika's verlegt [67]).

So zeigt uns denn der Handel im Inneren Afrika's und an der Westküste als Landhandel, an der Ostküste aber als Seehandel die Beschaffenheit der Kenntnisse, welche man vor den Entdeckungen der Portugiesen von Afrika hatte.

Die gleichmäßige Fortdauer dieser Handelsverbindungen, welche noch gegenwärtig mit wenigen Veränderungen fortbestehen, hat der Erdkunde aber ebenso große Vortheile verschafft, als ihr Beginn; denn der Handel war nicht nur die Quelle der geographischen Kenntnisse, sondern auch das wirksamste Mittel, sie zu erhalten und zu verbreiten, um sie den kommenden Jahrhunderten in fortwährender Entwicklung zu überliefern.

Den Wegen, die der Handel gebahnt hatte, folgten mit unermüdeter Thätigkeit zuerst die christliche Lehre, später der Islam.

4*

Beide haben durch ihre Fortschritte die Aufmerksamkeit der Zeitgenossen erregt und dadurch in mittelbarer Weise die Verbreitung der geographischen Kenntnisse gefördert.

Nur auf den Wegen des Handels konnte das Christenthum nach Nigritien vordringen, wo es sich noch im eilften Jahrhunderte findet.

Die näheren Verhältnisse, unter welchen es sich bis dahin verbreitet hatte, sind uns unbekannt, denn die einzige Nachricht, die sich hierüber erhalten hat, sagt nur, daß die Christen im Reiche Gana ihre Religion bis zum Jahre 469 der Hegira (1075) übten, in welchem sie zum Islam übertraten [66]).

Zu derselben Zeit hatte sich der Islam in Nigritien schon bedeutend ausgedehnt, denn nach dem Berichte des gleichzeitigen Abu Obaid hatte er sich nicht nur in Gana, sondern auch in den Reichen Tekrur, Sila und Melli mit immer steigernder Kraft verbreitet. In der zweiten Hälfte des vierzehnten Jahrhunderts erscheinen auch die Bewohner der Reiche Takedda, Kanem und Bornu nach gleichzeitigen Berichten als Bekenner des Islam, der bereits große Fortschritte in diesen Reichen gemacht hatte und sich fortwährend weiter verbreitete [66]).

Ein gleiches Vordringen zeigte sich auch in der ersten Hälfte des vierzehnten Jahrhunderts in Nubien, wo der Herrscher von Dongola Ibn Kenz ed-din zur Lehre des Propheten übertrat. Nicht minder thätig zeigten sich die Verbreiter des Islam in Abyssinien, wo er im fortwährenden Kampfe mit dem Christenthume begriffen war.

Von Abyssinien dehnte sich damals das Gebiet desselben bis in das Land Sofala der damaligen Gränze des Verkehres aus, während es sich gegenwärtig bis zur Capstadt erweitert hat.

An der Westküste erstreckte sich das Bekenntniß des Islams bis nach Ulil. Schon im eilften Jahrhunderte wird Ulil als die gemeinsame Gränze des Handels und des Glaubens bezeichnet. Wirklich erscheint aber auch Ulil in der oben bestimmten Lage am Rio Grande noch im fünfzehnten Jahrhunderte zwar nicht mehr als die Gränze des Handels, wohl aber als die Scheidelinie, welche die Nachfolger Mohameds von den Götzendienern trennte, denn die Portugiesen, welche 1456 den Rio Grande entdeckten, fanden südlich von demselben keine Mohamedaner mehr vor [70]).

Nach den canarischen Inseln kam der Islam nicht, denn die Araber hatten mit ihnen keine Verbindungen; auch in der Nachricht über die Unternehmung von 1341 findet sich ein Cult erwähnt, der nach der kurzen Schilderung, die über ihn vorliegt, keineswegs mit dem Islam verwandt war [71]).

Das Christenthum hatte sich in Aegypten durch Verträge mit dem Eroberer, in Nubien und Abyssinien durch das Bekenntniß der dortigen Herrscher erhalten.

Von Aegypten bis zum Nordwesten Afrika's hatte zur Zeit der römischen und griechischen Herrschaft Carthago den Primat über die Bisthümer der katholischen Kirche behauptet.

Mit der Zerstörung der Stadt durch die Eroberer (699) wurde zwar der Stuhl des Primas von Afrika für Jahrhunderte erledigt, aber einzelne Bisthümer hatten sich selbst unter der Herrschaft des Islam den Fortbestand gesichert.

In der zweiten Hälfte des eilften Jahrhundertes finden sich noch fünf Bischöfe, von denen Einer gegen den Willen der übrigen die Rechte des Primates an sich ziehen wollte, aber Leo IX. erklärte auf die Anfrage der übrigen Bischöfe, daß der Primat bei Carthago zu verbleiben habe, es möge fortan verlassen banieberliegen oder rühmlich einst wieder erstehen [72]).

Rom zu senden, damit sie künftig diese Weihe, die nach den canonischen Regeln von drei Bischöfen geschehen müsse, selbst vollziehen könnten [78]).

Servandus war zum Bischofe von Hippo geweiht worden. Der Sitz des Bischofes war indessen nicht in dieser von den Arabern mit dem Namen Bona bezeichneten Stadt, sondern wie Gregor VII. richtig bemerkt, in der alten Provinz Mauritania Sitifensis, denn in der Nähe von Setif, dessen Stätte gegenwärtig nur noch ein Baum bezeichnet, lagen die Schlösser des Stammes, welchem der dem Christenthume freundlich gesinnte Naser entsprossen war [79]), während Bona dem Zeiriden Tamim gehörte.

Während der kurzen Dauer der Eroberungen, die Roger von Sicilien von Gerbi bis Mehadia im zwölften Jahrhunderte gemacht hatte, findet sich bei den gleichzeitigen Schriftstellern keine Nachricht über den Fortbestand der alten Bisthümer mehr. Die vereinzelte Angabe eines späteren Schriftstellers, daß drei Erzbischöfe und zehn Bischöfe für die Berberei gegen das Ende des zwölften Jahrhundertes als Suffragane des Patriarchen von Alexandrien ernannt worden seien, entbehrt aber schon deßwegen aller Wahrscheinlichkeit, weil diese Ernennung in einen Zeitpunkt fallen soll, in welchem die Sicilianer bereits alle ihre Eroberungen in der Berberei wieder verloren hatten [80]).

Die Lage der Christen in Afrika war indessen im christlichen Abendlande, obgleich der Zustand des Morgenlandes durch den Beginn der Kreuzzüge mehr beachtet war, doch nicht in Vergessenheit gerathen.

Das traurige Loos der Christensklaven insbesondere hatte die Stiftung eines christlichen Ordens für die Erlösung derselben hervorgerufen, der sich bald in zwei religiöse Genossenschaften theilte und mit unermüdeter Thätigkeit die Verbindungen benützte, die der Handel am mittelländischen Meere eröffnet hatte, um theils durch den Loskauf, theils durch den Austausch der Gefangenen dem Zwecke des Stifters Genüge zu leisten [81]).

Innocenz III. hatte am Schlusse des zwölften Jahrhundertes dem Herrscher von Marocco und seinen Unterthanen die neue Stiftung angezeigt, und sie ihm besonders empfohlen, da sie beiden Theilen zum Vortheile gereiche [82]).

Honorius III. machte (1219) den Almohaden Abu-Jacub aufmerksam, daß man den Mohamedanern in den Ländern der Christen die freie Uebung ihrer religiösen Gebräuche gestatte, weßhalb auch der Papst mit gleichem Rechte erwarte, daß auch das Christenthum im Reiche der Almohaden gleiche Duldung erhalte [83]).

Die größte Thätigkeit für die Erhaltung und Wiederbelebung des christlichen Glaubens bewiesen aber die in jener Zeit neu gestifteten Orden der Franziskaner und Dominikaner. Ihre Missionäre arbeiteten von der Stiftung der Orden an unverdrossen von Ceuta bis nach Aegypten und von dort bis Abyssinien, und erhielten durch die Entdeckungen der Portugiesen im fünfzehnten Jahrhunderte noch einen größeren Wirkungskreis [84]).

Die Predigt des christlichen Glaubens in den Städten Tanger und Marocco, in denen zur Zeit der römischen und griechischen Herrschaft bischöfliche Sitze bestanden hatten, war ein sehnlicher Wunsch des heiligen Franziscus [85]), der schon bei dem Beginne seiner Stiftung Missionäre nach Marocco sandte, wo bald ein Bisthum entstand, dessen Bischöfe demselben Orden angehörten [86]).

Die Zahl der Christen hatte in Afrika bedeutend zugenommen, denn viele derselben, zum Theil vornehmen Geschlechtes, waren dahin gewandert, um in den Reichen von Marocco, Tlemsen und Tunis Dienste in den Heeren der Sultane zu nehmen, Andere hatte der in steigender Entwicklung begriffene Verkehr in die Küstenstädte vom Cap Spartel bis zum rothen Meere gezogen.

Neben den Kaufhäusern der Christen, die nach Nationen getrennt waren, wurden christliche Kirchen errichtet [87]), Kirchhöfe angelegt, und das Recht zur freien Ausübung des christlichen Gottesdienstes bildet einen vom dreizehnten Jahrhunderte an sich häufig wiederholenden Gegenstand der Handelsverträge.

Die wachsende Zahl der Christen in Afrika war der Sorgfalt der Päpste nicht entgangen. Sie bedienten sich der Missionäre, um mit den Herrschern in den verschiedenen Staaten in Verbindung zu treten, sie für die Lage der Christen günstig zu stimmen und zur Annahme des christlichen Glaubens einzuladen. Einige der Schreiben, welche sie an die islamitischen Herrscher Afrika's richteten, finden sich in den Bullarien der Franziskaner und Dominikaner, der größere Theil der päpstlichen Briefe an die christlichen Kaiser Abyssiniens ist aber bis jetzt nicht bekannt geworden [88]).

Gregor IX. lud (1233) den Herrscher von Marocco zur Annahme des Christenthums ein, empfahl ihm den Bischof von Marocco nebst seinen Ordensmännern und bemerkte ihm, daß er die Christen in seinem Heere zurückrufen müsse, wenn er sich als einen Feind des Christenthumes beweisen würde [89]).

Vom Könige von Tunis hatte Gregor IX. (1235) durch genuesische Kaufleute Briefe erhalten, in Folge deren er zwei Minoriten an den König zum Vollzuge eines Vertrages absandte, dessen Inhalt nicht näher bezeichnet ist, in dem es sich aber wahrscheinlich um die Annahme des Christenthumes handelte [90]).

An die Herrscher beider Staaten schrieb auch Innocenz IV. Er überhäuft (1246) den Sultan von Marocco, der in den gleichzeitigen Urkunden unter der Benennung Miramolim erscheint, mit Lobsprüchen über sein mildes Betragen gegen die Christen und bittet ihn, ihnen einige befestigte

Plätze und Häfen zu überlassen theils zum Schutze ihrer Familien, theils
um zur Zeit der Noth in christliche Länder zurückkehren zu können. Da
diese Bitte nicht erfüllt wurde, so wiederholte sie der Papst nach einigen
Jahren (1251), beauftragte aber auch zugleich den Bischof von Marocco,
im Weigerungsfalle des Sultans die Christen aus seinem Heere zurückzu-
rufen und den Eintritt in dasselbe zu verbieten⁹¹).

Nicolaus IV. wiederholte die Ermahnung zur Treue in einem Schreiben
an die Christen, welche in den Heeren der Herrscher von Tunis, Tlemsen
und Marocco dienten, erinnerte sie aber auch zugleich an die Beständigkeit
im Christenthume und an die Pflicht des Gehorsames gegen den Bischof
von Marocco⁹²).

Eine völlige Zurückberufung aller Christen aus den Heeren der Sultane findet sich indessen nicht, obgleich die Bitte der Päpste nicht erfüllt
wurde. Aus Marocco kehrten jedoch gegen das Ende des vierzehnten Jahrhundertes mit Einwilligung des Sultans fünfzig Familien, Farfanes oder
Gothen genannt, nach Castilien zurück, welche der Ueberlieferung gemäß
von den alten königlichen Geschlechtern der Gothen abstammten⁹³).

Innocenz IV. hatte die Entwicklung des Handels sorgfältig beobachtet.
Er kannte die bedeutende Christengemeinde, die in Tunis schon vorhanden
war, wie die große Zahl derjenigen, die der Handel dahinzog, und bat
deßhalb den Sultan von Tunis um gütige Aufnahme der Missionäre des
Bischofes von Marocco, welche das Bedürfniß der Gemeinde zu Tunis er-
heischte, und um freien Verkehr mit derselben, wie ihn das Herkommen
bereits festgestellt habe⁹⁴).

Derselbe Papst suchte auch (1247) den Herrscher von Aegypten durch
eine Gesandtschaft zur Annahme des Christenthums zu bewegen und ihn
zu milderen Maßregeln für die Christen aus dem Abendlande zu bestimmen.

Der Chalif Saleh ließ das Schreiben weitläufig und unter vielen Angriffen auf die christliche Lehre beantworten, ertheilte jedoch den Missionären aus dem Predigerorden mannigfache Begünstigungen [95]).

Nikolaus IV. forderte den Kaiser von Abyssinien zur Vereinigung im Glauben auf, um gemeinschaftlich den Weg des Heiles zu betreten [96]).

Marocco blieb bis zur Eroberung Ceuta's durch die Portugiesen (1415) das einzige Bisthum der katholischen Kirche in Afrika.

Ludwig der Heilige hatte zwar während seines Aufenthaltes in Aegypten (1249) das Erzbisthum Damiette gestiftet, allein den Erfolg dieser Stiftung vereitelte der unglückliche Ausgang des Feldzuges [97]).

Auch für die kanarischen Inseln findet sich schon unter Innocenz VI. ein Bischof, aber keine Nachricht, daß er wirklich nach den Inseln gelangte [98]).

Nach der Einnahme Ceuta's stiftete König Johann I. von Portugal (1418) in dieser Stadt ein zweites Bisthum für Afrika. Die Eroberung Ceuta's war aber auch für die späteren Entdeckungen der Portugiesen von Wichtigkeit, denn der Infant Heinrich vermehrte in ihr durch die Aussagen der Einwohner, denen er mit großer Wißbegierde folgte, jene Kenntnisse, welche ihm Handel und Missionen über Afrika geboten hatten [99]).

Diese Kenntnisse waren, wie wir gesehen haben, bei den Arabern mehr ausgebildet, als im christlichen Abendlande, denn die Erdkunde hatte dort die Verbindungen des Handels wie den Inhalt einzelner Reisebeschreibungen nicht nur genau verzeichnet, sondern auch fleißig verarbeitet, so daß schon Edrisi Flandern genauer kannte, als manche christlichen Geographen.

5*

Im christlichen Abendlande dagegen wurden manche Verbindungen des Handels geheim gehalten, die Wissenschaft stand selbst den bekannten ferne und nahm die Werke einzelner Reisender in ihren Bereich nicht auf. Selbst von den bestunterrichteten Männern jener Zeit wurden Werke, wie die Reisen Marco Polo's, denen erst die neuere Zeit die gebührende Anerkennung zu Theil werden ließ, nur mit Mißtrauen gelesen [100]).

Mit demselben Mißtrauen scheint man auch die geographischen Werke der Araber betrachtet zu haben, denn während die Zeitgenossen mit besonderer Vorliebe die astronomischen und astrologischen Arbeiten der Araber aufnahmen, ihre mathematischen, medicinischen und philosophischen Schriften oft und fleißig benützten, selbst ihre Karten gebrauchten, wurden die geographischen Werke, wenn sie auch, wie die eines Evrisi und Abu Obaid, im Abendlande verfaßt waren, vernachläßigt und einer ebenso unrühmlichen als unverdienten Vergessenheit übergeben.

Durch die Entdeckungen der Portugiesen hatten sich die Gränzen der Schifffahrt bedeutend erweitert, für den Handel war durch sie ein neuer umfassender Wirkungskreis entstanden, so daß die Könige Portugal's sich mit vollem Rechte den bedeutungsvollen Titel „Herren der Schifffahrt und des Handels" beilegen konnten [101]).

Von jener Zeit an konnte auch die Erdkunde sich nicht mehr auf die Werke der alten Geographie beschränken, sondern war genöthigt, die von der Schifffahrt neugegebenen Gränzen zu verzeichnen, und die rasch sich folgende Reihe der Entdeckungen systematisch zu verarbeiten.

Auf dieser neuen Grundlage hat sich unsere Erdkunde zur Wissenschaft erhoben und rasch entwickelt.

Eine vorzügliche Pflege ward ihr in neuerer Zeit durch die Thätigkeit der Akademien und der unter ihrem Schutze neu entstandenen Vereine, welche sich die Förderung der Erdkunde zur eigenen Aufgabe machen, um manche Fragen des Tages aus den Verhältnissen der Vergangenheit beantworten zu können. Diese Pflege der Wissenschaft erinnert uns an die Stiftung unserer Akademie, deren Feier wir in würdiger Weise begehen, indem wir solchen Fortschritten huldigen.

Anmerkungen.

1) Man vergleiche die Werke: Examen critique de l'histoire de la géographie du nouveau continent et des progrès de l'astronomie nautique aux quinzième et seizième siècles par Alexander de *Humboldt*. Paris 1836. 8.

Memoria sobre a prioridade dos descobrimentos portuguezes na costa d'Africa occidental, para servir de illustração à chronica da conquista de Guiné por *Azurara* pelo Visconde de Santarem, da academia real das sciencias de Lisboa, e de un grande numero de academias e sociedades sabias estrangeiras. Pariz 1841. 8.

Recherches sur la priorité de la découverte des pays situés sur la côte occidentale d'Afrique, au-dela du cap Bojador, et sur les progrès de la science géographique, après les navigations des Portugais au XV. siècle; par le Vicomte de *Santarem*, de l'académie royale des sciences de Lisbonne, correspondant de l'institut de France, et des sociétés géographiques de Londres et de Paris, etc. accompagnées d'un atlas composé de mappemondes et de cartes pour la plupart inédites, dressées depuis le XI. jusqu' au XVII. siècle. Paris 1842. 8.

Untersuchungen über die geographischen Entdeckungen der Portugiesen unter Heinrich dem Seefahrer. Ein Beitrag zur Geschichte des Seehandels und der Geographie im Mittelalter von Dr. J. E. Wappäus, Privatdocent in Göttingen. Göttingen bei Bandenhoeck und Ruprecht, 1842. 8.

Notice des découvertes faites au moyen-âge dans l'océan Atlantique antérieurement aux grandes explorations portugaises du quinzième siècle par M. d' *Avezac*. Paris 1846. 8.

Géographie du moyen-âge, etudiée par Joachim *Lelewel*. Accompagnée d'
atlas et de cartes dans chaque volume. Breslau 1852. 8., welche bei dieser Untersuchung mehrfach benützt wurden.

2) Essai sur l'histoire de la cosmographie et de la cartographie pendant le
moyen-age, et sur les progrès de la géographie après les grandes découvertes
du XV. siècle, pour servir d'introduction et d'explication a l'atlas composé de
mappemondes et de portulans et d'autres monuments géographiques, depuis le VI.
siècle de notre ère jusqu' au XVII , par le Vicomte de Santarem. Paris 1849.
8., bisher drei Bände, enthält sehr fleißige Untersuchungen für die Kenntniß der
Karten.

3) Von dem Fürstenthum Gerbi handeln Pellissier: mémoires historiques et
géographiques sur l'Algérie in der exploration scientifique de l'Algérie pendant les
années 1840, 1841, 1842 publiée par ordre du gouvernement et avec le concours
d'une commission académique. Sciences historiques et géographiques T. VI.
pag. 210—17. Paris 1844, 4., und d'Avezac: iles de l'Afrique p. 43. Paris 1848.
8., im univers pittoresque Bd. IV. In einer Urkunde von 1379 abgedr. in der
bibl. de l'école des chartes Série II. Vol. V. p. 152 seq. erscheint auch Bona als
eigener Staat. Der hier genannte König von Bona war aber wahrscheinlich nur
ein Emir des Sultan von Tunis, wie in einer späteren Urkunde von 1480. Man
vgl. ebend. erste Serie Jahrg. 1840—41. Vol. II. p. 391.

4) Man vergl. Capmany: memorias historicas sobre la marina, comercio y
artes de la antigua ciudad de Barcelona T. II. u. IV. Madrid 1779 und 1792, 4.,
wo mehrere Urkunden über solche Bündniffe zwischen Spanien und den afrikanischen
Staaten abgedruckt sind. Das erste derselben im vierzehnten Jahrhunderte ist aus
dem Jahre 1309 von Jacob II. von Aragonien mit Khaled dem Fürsten von Bugia
geschlossen, der bei Capmany T. IV. p. 39 Alid und Halit t. III. p. 210 sogar
Walid genannt wird. Gleich darauf folgt ein Bündniß zwischen Aragonien und
Marocco gegen Granada t. IV. p. 42, welchem Capmany t. III. p. 201 ff. einen
Auszug aus einem Schreiben des Herrschers von Marocco an den König von Aragonien beigefügt hat, in welchem der Haß des Schreibers gegen seinen Glaubensge-
noffen, den König von Granada, in auffallender Weise hervortritt.

5) Im zehnten Jahrhunderte hatte Amalfi Verbindungen mit Cairo. Dieß zeigt
ein Tauschvertrag vom 6. August 973, bei de Blasio: series principum qui Lango-
bardorum aetate Salerni imperarunt. Neapoli 1785. 4. pag. CXXXVII., in welcher
es heißt: Declaro ego Lupenus Amalfitanus filius quondam Mauroni Comiti, qua-

niam quando Leone Amalfitano filius Sergii, qui dicitur Derini, ad navigandum *Babiloniam* perrexit, per firmam scriptionem cambit mihi Anna uxor ejus etc.

6) Pratica della mercatura di Francesco Balducci Pegolotti in dem Werke von (Pagnini) della decima e delle altre gravezze t. III. Lisbona e Lucia 1760. 4.

Aperçu des relations commerciales de l'Italie septentrionale avec l'Algérie, au moyen-âge. Extrait du tableau de la situation des établissements français en Algérie 1843—1844. Paris. Imprimerie royale 1845, gr. 4. verfasst von Louis de Mas-Latrie, wie die Note A p. 5 zeigt.

7) Ein Verzeichniß über die im dreizehnten Jahrhunderte in Brügge eingeführten Waaren steht bei Warnkönig Staats- und Rechtsgeschichte von Flandern. Tübingen 1836. 8. Thl. II. Abthl. I. S. 146. Die Handelsverhältnisse Brügge's mit Afrika im vierzehnten Jahrhunderte berühren Pegolotti a. a. O. pag. 254 und Depping hist. du commerce etc. Paris 1830. 8. T. I. p. 329.

8) Man vergl. géographie d'Aboulféda traduite de l'arabe en français par Reinaud. Paris 1848. 4. t. II. p. 220 seq. und voyage dans le Soudan par Ibn Batouta traduit sur les manuscrits de la bibliothèque du roi par le baron M. Guckin de Slane im Journal asiatique; quatrième série t. I. Paris 1843. 8. p. 193 seq.

9) Ibn Batuta l. c. p. 198.

10) Nach Leo Africanus fällt die Gründung der Stadt schon in das Jahr der Hegira 610 (1212—13), allein der lateinische Text ed. Antverpiae 1356. fol. 249 sagt nur, cujus conditorem fuisse *dicunt* quendam Mense Suleiman Hegirae anno sexcentesimo decimo etc.; diese Annahme wird aber dadurch unwahrscheinlich, daß Timbuctu von den arabischen Geographen vor Ibn Batuta nicht erwähnt wird.

11) Notices et extraits des manuscrits de la bibliothèque du roi T. XIV. Paris 1843. 4. P. II. p. 74. Die arabischen Schriftzüge unter den Städten Manma und Buda sind nach der Mittheilung des Herrn Professor Müller zu undeutlich, um eine Erklärung derselben versuchen zu können. Die catalonische Karte nennt den König von Melli Musse Melly, auf der Karte im Museum des Cardinal Borgia ist daraus Musamell geworden. Bei Makrizi in notices et extraits t. XII. p. 637 wird er König von Tekrur genannt. Ibn Batuta, der einige Nachrichten über ihn giebt, l. c. p. 219 seq. nennt ihn König von Melli.

12) Leo Africanus l. c. fol. 250, cujus domus omnes in tuguriola cretacea stramineis tectis sunt mutatae. Eine andere Schilderung giebt Joao Rodriguez bei Valentin Ferdinand (vergl. Abhandlungen der historischen Classe der k. baverischen Akademie der Wissenschaften Bd. VI. Abthl. I. München 1850. 4. S. 174 u. 185 ff.)

40

João Robriguez schildert die Stadt an zwei Stellen. Nach der einen ist die Stadt mit Mauern umgeben, denn es heißt Fol. 41: Tambucutu cidade. Esta cidade he cercada de taypa por temor dos negros beçudos que as vezes lhe fazem guerra. An einer anderen Stelle Fol. 31 sagt João Robriguez: Tambucutu he *grandissima* cidade e jaz sobre ho ryo ennyll. E he de grandissimo tracto, porque he scapula de todo ho ouro que se guasta em levante e poente por respecto do sal. Esta cidade esta afastada 15 jornadas de ovallete. E nesta cidade vendem ho camelo com ho sal todo junto, por çem miticaes e as vezes por 129. Os camelos comem na terra. E ho sal embarcam em tambucutu em almadias e levam as ditas almadias a schirga para ryo açima quatorze jornadas a huma cidade chamada gyni jyni.

Im fünfzehnten Jahrhunderte wurde Timbuctu auch von Benedetto Dei, einem Florentiner, besucht; denn er sagt in seiner handschriftlichen Chronik cod. ital. 116 Fol. 112: Sono stato a Tambettu luogho sottoposto al Reame de Barberia fra terra e fauuisi assai e vendesi panni grossi e Rami e ghurnelli con quella Costola che si fanno in Lombardia.

13) Leo Africanus l. c. Fol. 250 und Jbn Batuta l. c. p. 226.

14) Santarem essai sur l'histoire de la cosmographie t. III. Paris 1852. p. 291.

15) Memoria sobre dois antigos Mappas geographicos do Infante D. Pedro, e do Cartorio de Alcobaça. Por Antonio Ribeiro dos Santos in den memorias de litteratura portugueza, publicadas pela academia real das sciencias de Lisboa. Tomo VIII. parte I. Lisboa 1812. 4. p. 275.

16) Chronica do descubrimento e conquista de Guiné, escrita por mandado de El rei D. Affonso V., sob a direcção scientifica, e secundo as instrucções do illustre infante D. Henrique, pelo chronista Gomes Eannes de Azurara. Pariz 1841. p. 367. seq.

17) Abulfeda a. a. O. t. II. p. 212, wo Reinaud in der Note 5 bemerkt, daß er die Stelle aus Jbn Said († 1274) in den Text des Abulfeda gesetzt habe.

18) L'endroit du continent où le Nil de Gâna a son embouchure, est sous le 10. degré 20 minutes de longitude et le 14. degré de latitude. Devant l'embouchure du Nil, à la distance d'un degré et demi, se trouve l'île du sel (Djezyrelalmalh). Cette île a un peu plus de deux degrés de long, du nord au midi, et un demi-degré de large. A l'extrémité méridionale de cette île, sur les bords de la mer, est la ville d'Oulyl, ville composée d'habitations en roseaux et en chaume, comme les villes des Bedjà (sur les côtes de la mer Rouge), et comme les villes

des Indiens. On s'y nourrit de poissons et de tortues; les habitants font un grand commerce de sel; des navires chargés de sel remontent le fleuve, et fournissent du sel aux contrées situées le long du fleuve; c'est l'unique sel qui existe dans le pays de nègres.

A côté de cette île, à la distance d'un demi-degré, est l'île de l'Ambre (Djezyret-alanbar). Cette île a deux degrés de long et deux tiers de degré dans sa plus grande largeur. On la nomme aussi l'île des Tortues (Djezyret alsalâhof), à cause de la grande quantité de tortues qui y vivent. Les habitants vont à la chasse de ces animaux, et coupent leur chair en tranches, qu'ils transportent dans les contrées voisines. On trouve aussi dans cette île de l'ambre en abondance.

19) Valentin Ferdinand, der am Anfange des sechzehnten Jahrhundertes schrieb, sagt von diesen Inseln ausdrücklich, daß sie damals nicht bewohnt waren. Man vergl. die Abhandlung von Schmeller über Valenti Fernandez Alema im vierten Baude der Abhandlungen der phil. Classe Abth. III. S. 61. Von der Insel Sal sagt die neueste Statistik der Colonien, sie sei erst seit 1808 bewohnt worden cf. Ensaios sobre a statistica das possessoes portuguezas na Africa occidental e oriental; na China, e na Oceania: escriptos de ordem do governo de sua magestade fidelissima a senhora D. Maria II. Por José Joaquim Lopes de Lima, Lisboa 1844. 8. livro I. P. II. p. 54.

20) Valentin Ferdinand sagt in seiner Beschreibung von Afrika Fol. 124 vom rio grande: Neste ryo ha ouro mas pouco. E aquelle que tem, trazemno do sertao da terra de mandimansa, onde esta o emprador de todos estes reys, e lhe servem muy prosperadamente. Os negros desta costa levam para la sal, com que resgatam ho dito oro, e escravos e arroz, porque na costa do mar nom tem oro.

Ha neste ryo, çinco ou seys reys que todos resgatam com christianos e mercam cavallos e outras cousas. Huum rey chamam gromansa, outro carbali. Os negros deste ryo contra ho cabo verde som pella maior parte maffometanos, ajnda que muytos ydolatras antres elles, porem deste ryo avante todos som ydolatras. E em aquello que tomam ventade em aquello creem e adoram, fazem ydolos de paos e pedras e adoram arvores e formigueyros. E a hatschira etc.

21) Lopes de Lima a. a. O. livro I. P. I. p. 27 sagt von dem gegenwärtigen Salzhandel: Um dos traficos mais productivos para os moradores das duas Praças (e principalmente os de Bissau) é o sal alkalino, que os habitantes de toda aquella Costa extrahem em grandes quantidades, pela cocção de certas plantas marinhas, que conhecem, e o vendem barato nas Praças, aonde se fazem delle

grandes depositos, não so para o uso commum, como tambem para o mandarem em grandes carregações a Geba, e Farim, aonde, por ser a terra dos Mandingas, e a dos Fulos, totalmente desprovida deste genero, é artigo de grande valor, e venda certa.

22) Lopes de Lima a. a. O. p. 113 sagt von derselben: as praias acodem tartarugas, e colhese nellas muito ambar.

23) Nach Edrisi ed. Jaubert t. I. p. 12 rechnet man von Sedgelmessa nach Ulil ungefähr vierzig Tage. Edrisi bemerkt ferner, daß Sedgelmessa ebensoweit von Sala und Tokrur als von Ulil entfernt sei und sagt vorher, daß der Weg von Ulil nach Sala sechzehn Tagereisen zu Fuß betrage, von Sala nach Tokrur aber man in zwei Tagereisen zu Wasser und zu Lande kommen könne. pag. 11 seq.

Nimmt man das Sala des Edrisi als das Sila des Mungo Park an, so stimmt die Entfernung, welche der Geograph von Sedgelmessa bis Sala und Tokrur angiebt, vollkommen überein. Keineswegs aber ist dieß von Sedgelmessa bis Ulil der Fall, wenn man Ulil als gleichbedeutend mit Bissao erklärt, denn die Entfernung wäre hier bedeutender; allein es muß hier bemerkt werden, daß Edrisi bei der Entfernung Sedgelmessa's von Sala und Tokrur sich bestimmt für vierzig Tagereisen ausspricht, während er die Entfernung zwischen Sedgelmessa und Ulil nur beiläufig angiebt, indem er sagt: on compte environ quarante journées. Die Entfernung zwischen Ulil und Sala, die Edrisi p. 11 zu sechzehn Tagereisen angiebt, stimmt wieder vollkommen überein, wenn man ersteres für Bissao, letzteres für Sila hält.

Nach Abu Obaid in notices et extraits t. XII. p. 636 beträgt der Weg von Nun aus nach Ulil längs der Meeresküste zwei Monate. Abu Obaid bemerkt ferner, Ulil sei eine Salzmine auf dem Gebiete der Benu Djodálah an der Meeresküste gelegen, von wo die Karavanen das Salz in alle benachbarten Länder führen. In der Nähe Ulils sei eine Halbinsel, die zur Zeit der Fluth eine ganze Insel werde, wo man aber zur Zeit der Ebbe trockenen Fußes gehen könne. Auf ihr finde sich Bernstein, die vorzüglichste Nahrung der Bewohner sei das Fleisch der Schildkröten. Gleich darauf (p. 637) fügt Abu Obaid hinzu, der Stamm der Benu Djodálah bilde die äußerste Grenze des Gebietes des Islams gegen das Land der Schwarzen. Mit der Entfernung, welche Abu Obaid zwischen Nun und Ulil angiebt, stimmt die Lage der Insel Bissao überein. Die von ihm beschriebene Halbinsel erklärt sich als die der Biafaren, von welchen Labat in der nouvelle relation de l'Afrique occidentale. Paris 1728. t. V. p. 143 erzählt, daß sie zur Zeit der Ebbe die Fahrzeuge angreisen. Die Lage Ulils auf dem Gebiete der Benu Djodálah läßt sich aber mit der

Annahme der Insel Biffao nicht vereinigen; dieser Stamm wohnte nach einer Mittheilung, welche mir Professor Müller aus der von Quatremère angezeigten Handschrift 581 gemacht hat, im Norden des Senegal, denn der Verfasser des in dieser
Handschrift enthaltenen cosmograph. Tractates Schemsuddin ed Dimeschki (schrieb
gegen das Ende des 13. Jahrhunderts) setzt die Wohnsitze dieses Stammes in die
Gegend der Städte Kul, Lamta, Audagost ꝛc.

Weit mehr würde sie mit dem Berichte des Joao Rodriguez stimmen, der Ulil
ganz in der Nähe von Duaban oder Hoden setzt. Man vergl. Abhandlg. der histor.
Classe Bd. VI. Abtheil. I. S. 187 und 219.) Dagegen spricht aber wieder, daß
Abu Obaid den Stamm der Benu Djodálah an die Gränze des Islams setzt, der zu
seiner Zeit den Senegal bereits überschritten habe.

Zur Lösung dieser widersprechenden Angaben läßt sich nur annehmen, daß Abu
Obaid entweder die Lage Ulil's darin unrichtig bezeichnete, daß er sie auf das Gebiet der Benu Djodálah versetzte, oder daß es zwei Util gab, von denen das eine
am río grande, das andere in der Nähe von Duaban lag, Abu Obaid aber beide
in seinem Berichte vermengte. Erstere Annahme empfiehlt sich dadurch, daß Dimeschki Ulil bei der Beschreibung des Landes der Schwarzen aufführt.

24) Die Genueser kannten nach Ebrisi ed. Jaubert. t. I. p. 206 Asla in der
Wüste, welches sie Cocadam nannten. Nach Wadding ad annum 1221 nro. XXXVII.
kam Hugo der Priester der Genueser mit zwei Mönchen de interioribus partibus
Saracenorum. Ueber die Lage von Asla vergl. man Renou in der exploration scientifique d'Algerie, l. c. t. II. p. 297 seq.

25) Von diesen Karavanen sagt aperçu des relations commerciales etc. von
Mas-Latrie, Paris 1845. gr. 8. p. 23: Les Vénitiens et les Pisans avaient enfin
obtenu la faculté de faire des caravanes en Afrique, et il était passé d'abord dans
les usages du pays et ensuite dans les traités, qu'en toutes les stations de leur
route ils auraient le droit de faire paître au moins pendant trois jours les animaux
qu'ils conduisaient. Les traités, datés du mois de sefer 717, ou du 12 mai 1317
de J. C., 22 décembre 1320, 17 des calendes de juin (16. mai) 1354, et 28
rabié 759 ou 7 avril 1358, conclus par les républiques de Venise et de Pise avec
les différents princes de Maghreb du milieu, assurèrent ces privileges aux com-
merçants de leurs états et à leurs protégés, en renouvelant les dispositions des
anciens pactes, sous le droit ordinaire de 10 pour 100.

Cette liberté laissée et garantie au commerce des chrétiens, qui nous rapporte
à un état de choses si différent de celui qui existait encore, il y a peu d'années en

Afrique, permettait aux Pisans et aux Vénitiens de s'avancer dans l'intérieur du pays, de communiquer avec les caravanes musulmanes qui, partant du Maroc, traversaient le Maghreb et se rendaient en Egypte, en Abyssinie et à la Mecque, ou, quittant la route de l'est, pénétraient dans le pays des nègres de l'Afrique centrale. Les marchands italiens suivaient-ils les caravanes dans toutes ces directions? Quels étaient les pays jusqu' où ils s'avançaient? Allaient-ils acheter la poudre d'or, les plumes d'autruche, l'ivoire et les esclaves du Soudan ou cherchaient-ils de préférence les gommes, les parfums, l'ambre et les autres productions venant des régions du Nil? On ne pourrait faire que des conjectures à ce sujet.

26) Man vergl. die Karte von Marino Sanuto im Anhange zu Bongars gesta dei per Francos Hanoviae 1611 fol. T. II nro I, und die katalanische Karte von 1351, welche dem Werke von Baldelli Boni: il milione di Marco Polo, Firenze 1827. 4. beigegeben ist.

27) Diego Gomez bei Schmeller a. a. D. S. sagt: et postquam reversus sum ad D. Infantem retulendo haec omnia dixit mihi, quod quidam mercator in *Oran* ei scripserat jam duo menses elapsi de guerra seu proelio, quod fuit inter Semanagu et Sambegeny.

28) Diego Gomez a. D. S. 19: ad mare arenosum Carthaginienses qui nunc vocantur Tunisi cum carobanis et camelis aliquando 700 pertransierunt usque ad locum qui dicitur *Tambucatu* et aliam terram *Cantor*, de quibus hominibus ac animalibus multociens vix decima pars reversa est. Quod audiens Infans Dominus Henricus movit eum inquirere terras illas, per aquam maris etc.

29) Azurara chronica l. c. p. 278.

30) Edrisi ed. Jaubert t. I. p. 220. Ibn Khaldun bei Santarem recherches etc. p. 102. Die vor Kurzem im Auftrage der französischen Regierung erschienene Uebersetzung von Jbn Khaldun Geschichte der Berbern stand mir nicht zu Gebote.

31) Abulfeda a. a. D. p. 215 seq.

32) Memoria em que se pertende provar que os Arabes não conhecerão as Canarias antes dos Portuguezes. Por. Joaquim José da Costa de Macedo in: Historia e memorias da academia r. das sciencias de Lisboa. 2a serie. tomo I. parte II. Lisboa 1844.

33) Petrarcha de vita solitaria lib. II cap. 3: Praetereo Fortunatas insulas, quae extremo sub occidente, ut nobis et viciniores et notiores, sic quam longissime vel ab Indis absunt, vel ab Arcto, terra multorum, sed in primis Flacci lyrico carmine nobilis, cujus pervetusta fama est recens. *Eo si quidem et patrum me-*

moria Januensium armata Classis penetravit, et nupér Clemens VI. illi patriae principem dedit, quem vidimus Hispanorum et Gallorum regum mixto sanguine, generosum quendam virum. Qui meministi enim, dum eo die corona ac sceptro per urbem spectandus incederet, repente tantus coelo imber effluxit, atque ita domum madidus rediit, ut omen esset incubuisse illi vere pluvialis et aquosae patriae principatum: cui quidem in dominio extra orbem sito, qualiter successerit non novi, scio tamen, quod multa scribuntur et feruntur, propter quae non plene Fortunatarum cognomini terrarum fortuna conveniat. Caeterum gentem illam, prae cunctis ferme mortalibus solitudine gaudere, moribus tamen incultam, adeoque non absimilem belluis, ut naturae magis instinctu, quam electione sic agentem, non tam solitarie vivere, quam in solitudinibus errare, seu cum feris seu cum gregibus suis dicas. Sed jam satis curiositate hac, longe lateque disjunctos mundi angulos pervagatus sum, *quorum omnium non apud me, qui lecta vel audita refero, sed apud auctores rerum primarios fides erit*, ego autem his discursis, ad clariora et nobis notiora progrediar.

34) Lelewel géographie. l. c. t. II. p. 9. seq.

35) De Canaria et de insulis reliquis ultra Hispaniam, in oceano noviter repertis in Ciampi monumenti d'un manoscritto autografo di Messer Gio. Boccaccio da Certaldo, Firenze 1827. 8. p 53 seq. und in portugiefifcher Ueberfetzung mit Erläuterungen von Macedo, in historia e memorias da academia real das sciencias de Lisboa. Tomo XI. Parte I. Lisboa 1831. p. 178 seq. Diefer merkwürdige Bericht lautet: Anno ab incarnato verbo MCCCXLI a mercatoribus florentinis (a) In margine è scritto della stessa manno: Florentinus qui cum his navibus praefuit est Angelinus del Tegghia de Corbizzis consobrinus filiorum Gherardini Giannis] apud Sibiliam Hispaniae ulterioris civitatem morantibus Florentiam literae allatae sunt ibidem clausae XVII. Kal. Decembris anno jam dicto, in quibus quae disseremus inferius continentur.

Ajunt quidem primo de mense Julii hujus anni duas naves, impositis in eisdem a rege Portogalli opportunis ad transfretandum commeatibus, et cum iis navicula una munita, homines florentinorum, januensium, et hispanorum castrensium, et aliorum hispanorum a Lisbona civitate datis velis in altum abiisse, ferentes insuper equos et arma, et machinamenta bellorum varia ad civitates et castra cupienda, quaerentes ad eas insulas, quas vulgo repertas dicimus, et ad has favente vento secundo post diem quintam pervenisse omnes: et demum mense novembris ad propria remeasse, secum haec pariter afferentes: primo quidem IV homines ex incolis illarum insularum duxere: pelles praeterea plurimas hircorum, atque caprarum, sepum, oleum piscis et phocarum exuvias, ligna rubra tingentia, fere ut verzinum, fac esse (sic) dicant experti talium illa non esse verzinum. Insuper et arborum cortices aequo modo in rubrum tingentes, sic et terram rubram, et hujusmodi.

Verum Niccolosus de Recco Januensis alter ex ducibus navium illarum rogatus ajebat a Sibilia civitate usque ad praedictas insulas esse millia passuum fere nongenta. A loco vero cui hodie nomen est caput sancti Vincentii longe minus a Continenti distare; et *primam* ex compertis insulis fere CL. millia passuum habere circuitus, lapideam omnem, atque sylvestrem, abundantem tamen capris et bestiis aliis, atque nudis hominibus, et mulieribus asperis cultu et ritu; et in hac dicebat se cum sociis majorem partem pellium et sepi sumpsisse, non ausi nimium insulam infra ingredi. Inde ad *aliam* insulam fere majorem praedicta transeuntes quantitatem gentium maximam ad se venientem in littore videre, homines pariter et mulieres, fere nudi omnes. Esse aliquos qui videbantur aliis prominere, tegerentur pellibus caprinis pictis croceo atque rubro colore, et, ut poterat a longe comprehendi, delicatissimis et mollibus, sutis satis artificiose ex visceribus; et ut in eorum actibus poterat comprehendi, videbatur hos habere principem, cui omnes reverentiam et obsequium exhiberent. Quae gentium multitudo ostendebat se cupere cum iis, qui in navibus erant habere commertium, et moram trahere; sane cum ex navibus naviculae quaedam magis littori propinquassent, non intelligentes aliquo modo illorum linguam, minime descendere ausi sunt. Est quidem, ut referunt, idioma eorum satis politum, et more italico expeditum; qui tamen videntes quod nulli ex navibus descendebant, aliqui natantes ad eos pervenire conati sunt, ex quibus quosdam cepere, et ex iis sunt, quos adduxerunt. Demum cum nil ibi utilitatis cernerent nautae, discessere. Circumdantes vero insulam invenere eam longe melius a septentrione, quam ab austro cultam, videntes ibidem casas plurimas, ficus et arbores et palmas datilo steriles, palmas et hortos et caules et olera; et ob id ibidem ex nautis XXV. deposuere cum armis, qui perscrutantes, qui in domibus illis essent, in eis invenere circa XXX. homines, nudi (sic) omnes, qui perterriti visis armatis, illico aufugere; hi vero intrantes domos eas videre ex lapidibus quadris compositas mirabili artificio, et lignis ingentibus ac pulcerrimis tectas; et cum ostia clausa invenissent cupientes introrsum videre, lapidibus infringere ostia cepere, quam ob rem in iram versi qui abierant, altissimis clamoribus complere loca cepere. Tandem iis fractis clausuris fere per omnes illas domos intravere, nec aliud in eisdem invenere praeter ficus siccas in sportulis palmeis bonas, uti cesenates cernimus, et frumentum longe pulchrius nostro: habebat quippe grana longiora et grossiora nostro, album valde. Sic et hordeum, et segetes alias, ex quibus, ut rati sunt, vivebant incolae. Domus vero cum essent pulcerrimae, et lignis pulcerrimis contectae, introrsum omnes erant albissimae; tamquam ex gypso viderentur albatae. Invenerunt et insuper oratorium unum seu templum, in quo penitus nulla erat pictura, nec aliud adornamentum praeter statuam unam ex lapide sculptam, imaginem hominis habentem, manuque pilam tenentem, nudam, femoralibus palmeis, more suo, obscena tegentem, quam abstulerunt, et imposita navibus Lisbonam transportarunt redeuntes. Haec quidem insula habitatoribus plena est et colitur, et ab incolis granum, segetes, fructus, et potissime ficus colliguntur. Frumentum autem et segetes aut more avium comedunt, aut farinam conficiunt, quam et absque panis confectione aliqua manducant, aquam potantes.

Ab hac ergo insula discedentes nautae cum multas distantes ab hac per V. millia, vel X. aut XX. vel XL. passuum cernerent, ad *tertiam* navigarunt, in qua nil aliud praeter proceras arbores plurimum atque directas in coelum invenerunt. Inde ad *aliam* navigantes eam rivis et aquis optimis copiosam invenerunt, et in eadem ligna plurima et palumbes, quos baculis et lapidibus capiebant et comedebant, invenerunt. Hos dicunt majores nostris, et gustui tales aut meliores. Ibidem etiam viderunt esse falcones plurimos, et aves alias ex raptu viventes. Hanc autem non multum perambularunt, cum deserta videretur omnino. Inde tamen ante se viderunt insulam *aliam*, in qua lapidei montes erant excelsi nimis, et pro majori temporis parte nubibus tecti, et in ea pluviae crebrae; quae tamen sereno tempore apparet pulcerrima, et existimatione videntium habitata. Inde ad alias plures insulas, alias habitatas, alias omnino desertas adiere numero XIII. et quanto ulterius incedebant, tanto plures videbant, apud quas mare tranquillum longe magis, quam apud nos sit; et in eodem fundum anchoris aptum, etsi modicum portuosae sint, fertiles tamen aquarum omnes. Et apparent quoque insulae V. numero habitatae, quas ex XIII. ad quas iverunt, invenerunt, et sunt habitatores plurimi; non tamen aequaliter habitantur, nam una plus altera incolas habet. Et ultra hoc eas dicunt idiomatibus adeo inter se esse diversas, ut invicem nullo modo intelligantur, ac insuper nullis navigium, aut aliud instrumentum esse per quod possint de una insula ad alias pertransire, nisi natatu facerent. Invenerunt insuper et *aliam* insulam, in qua non descenderunt, nam ex ea mirabile quoddam apparet. Dicunt enim in hac montem existere altitudinis, pro extimatione XXX. millia passum, seu plurium, qui valde a longe videtur, et apparet in ejus vertice quoddam album: et cum omnis lapideus mons sit, album illud videtur formam arcis cujusdam habere; attamen non arcem sed lapidem unum acutissimum arbitrantur, cujus apparet in summitate malus magnitudinis in modum mali cujusdam navis, ad quem apprehensa pendet antena cum velo magnae latinae navis in modum scuti retracto, quod in altitudinem tractum tumescit vento, et extenditur plurimum; deinde paulatim videtur deponi, et similiter malus in morem longae navis, demum erigitur, et sic continue agitur; quod undique circumdantes insulam fieri advertere. Quod monstrum cantatis fieri carminibus arbitrantes, in eamdem insulam descendere ausi non sunt. Coterum et multas alias res invenere, quas hic Niccolosus noluit recitare. Tamen apparet eas non dites insulas, nam et nautae vix expensas viatici exportandi resumpsere. Quatuor vero homines, qui portati sunt, aetate imberbes, decora facie, nudi incedunt, habent tamen hujusmodi femoralia, cingunt autem lumbos corda, ex qua fila pendent palmae, seu juncorum in multitudine grandi, longitudine palmi cum dimidio, seu duorum ad plus; iis quidem tegunt pubem omnem, et obscoena ex anteriore ac posteriori parte ni vento, vel casu alio eleventur. Sunt autem incircumcisi, et crines habent longos et flavos usque ad umbilicum fere, et cum his teguntur, nudis pedibus incedentes.

Insula autem ex qua sublati sunt Canaria dicitur, magis ceteris habitata. Hi nihil penitus ex idiomate aliquo intelligunt, cum ex variis et pluribus eis locutum sit, magnitudinem vero nostram non excedunt, membruti, satis audaces et fortes, et magni intellectus, ut comprehendi potest. Nutibus loquitur eis, et nutibus, ipsi respondent, mutorum more. Honorabant se invicem, verum alterum eorum magis quam reliquos, et hic femoralia palmae habet, reliqui vero juncorum picta croceo et rufo. Cantant dulciter et fere more gallico tripudiant, ridentes sunt et alacres, et satis domestici, ultra quam sint multi ex hispanis. Hi postquam in navi positi sunt panem, et ficus commederunt, et eis sapit panis, cum ante numquam commedissent; vinum omnino renuunt; aquam potantes. Comedunt similiter frumentum, et hordea plenis manibus, et caseum et carnes; quarum eis, et bonarum permaxima copia est; boves autem, aut camelos vel asinos non habent, sed capras plurimum et pecudes, et sylvestres apres. Ostensa sunt eis aurea et argentea numismata, omnino eis incognita; similiter et aromata nullius materiei cognoscunt. Monilia aurea, vasa coelata, enses, gladii ostensi eis, non apparet ut viderint unquam, vel se penes habeant: fidei et legalitatis videntur permaximae; nil enim esibile datur uni, quin ante quam gustet, aequis portionibus diviserit ceterisque portionem suam dederit. Mulieres eorum nubunt, et quae homines noverunt more virorum femoralia gerunt.

Virgines autem omnino nudae incedunt: nullam verecundiam ducentes sic incedere. Hi autem habent, prout nos, numeros, unitates decinis praeponentes hoc modo:

1. Nait. 2. Smetti. 3. Amelotti, 4. Acodetti. 5. Simusetti. 6. Sesetti. 7. Satti. 8. Tamatti. 9. Aldamorana. 10. Marava. 11. Nait-Marava. 12. Smatta-Marava. 13. Amierat-Marava. 14. Acodat-Marava. 15. Simusat-Marava. 16. Sesatti-Marava etc. Giampi fügt hinzu:

Sin qui arriva la relazione; ma sembra che, non fosse trascritta per l'intiero, essendovi la pagina di dietro bianca, como per continuarne la scrittura.

36) Memorias para a historia das navigações e descobrimentos dos Portuguezes por Joaquim José da Costa de *Macedo* in historia e memorias da academia real das sciencias de Lisbon t. VI. P. I. Lisbon 1819. pag 7.

37) Das Schreiben des Königs steht bei Raynald ad annum 1344 Nro. 48.

38) Macebo a. a. O. t. VI. p. 12 seq.

39) Capmany a. a. O. t. I. p. 94, der sich auf Benzoni und Biera beruft.

40) In der histoire de la première descouverte et conqueste des Canaries von Pierre Bontier und Jean le Berrier, Paris 1630, 8., heißt es cap. 32 p. 59: Si assemblerent grande quantité d'orge et le mirent en vieil chastel que Lancelot Maloisel avoit iadis fait faire, selon que lon dit etc. D'Avezac hat das Berdienst, auf diese Stelle zuerst aufmerksam gemacht und die Geschichte der Entdeckungen in seiner notice des découvertes faites au moyen âge dans l'océan atlantique antérieurement aux grandes explorations portugaises du quinzième siècle, welche hier nach dem Abdrucke in den nouvelles annales des voyages, Jahrgang 1845 t. IV. und Jahrgg. 1846 t. I. u. II. angeführt ist, einer neuen, sehr gründlichen Untersuchung unterworfen zu haben. D'Avezac hat die Zeit der Entdeckungen nach der in der Note 33 angeführten Stelle Petrarka's in das Jahr 1275 gesetzt. Er sagt (Jahrgang 1846 t. I. p. 81): Et si l'on se demande à quelle date remonte ce droit de possession, Petrarque répondra, avec l'autorité qui s'attache à un pareil témoignage, que cette date est fort ancienne; car il nous dit, lui né en 1304, qu'une flotte de guerre génoise avait pénétré aux Canaries tout un âge d'homme avant lui: „eo si quidem patrum memoria Jannuensium armata classis penetravit." Cela nous reporte assez loin dans le treizième siècle, et s'il nous faut, pour préciser les idées énoncer un millésime grossièrement approximatif, nous hasarderons, sans tirer à conséquence, le chiffre conjectural de 1275.

Dieser Annahme stehen aber gewichtige Gründe entgegen, denn 1) beruht die Nachricht Patrarka's, wie die Schlußworte zeigen, nur auf unverbürgten Ueberlieferungen, 2) würde Genua gewiß gegen die päpstliche Belehnung des be la Cerba Einsprache erhoben haben, wenn die Colonie der Genueser älter gewesen wäre, als die Verleihung Clemens des Sechsten, 3) würden dann die Inseln auf den älteren Karten des Marino Sanuto und des Genuesers Pietro Visconti nicht fehlen, endlich 4) läßt sich bei dieser Annahme nicht erklären, daß die von einem Genueser mitbefehligte Expedition von 1341 dieser älteren Colonie keine Erwähnung thut, und nur eine der Inseln namentlich anführt.

41) Zurla sulle antiche mappe idro-geografiche lavorate in Venezia. In Venezia 1818. fol. pag. 27. Vi si scorgono le Canarie in retto ordine disposte Quella di Lanceroto nomasi Laurenza, e vi si inserisce una croce.

42) Notices et extraits t. XIV. P. II. p. 66.

43) Raynaldus ad annum 1369 Nro. 14.

44) Navarrete coleccion de los viages y descubrimientos. Madrid 1825. 4. t. I. p. XXIV.

45) Man vergl. Barros Decada I. lib. I. cap. 3. Baldelli il millione t. I. p. CLXVIII., der die Worte des Barros mit einer Paraphrase angiebt, und Humboldt examen t. I. p. 287.

46) Costa Quintella annaes da marinha portugueza Lisboa 1839, 4. t. I. p. 75 bestreitet die frühzeitige Entdeckung der Canarias deßhalb, weil man sonst zu der Inselgruppe von Madeira hätte gelangen müssen. Da aber diese Entdeckung nach dem Berichte von 1341 als Thatsache feststeht, so muß die entgegengesetzte Schlußfolge für die bald darauf erfolgende Entdeckung der Inselgruppe von Madeira gezogen werden, welche auch durch die gleichzeitigen Karten bestätigt wird. Ueber die Geschichte der Entdeckung der Azoren vergl. man: Iles de l'Afriques par M. D'Avezac. Paris 1848 in l'univers pittoresque t. IV. P. II. p. 81 seq.

47) Zurla a. a. O. p. 26.

48) Barros Decada I. lib. I. cap. II.

49) In dem compasso a mostrare a navicare dall' uno stretto all' altro, welcher in dem Werke von Pagnini della decima dem Handelsbuche des Antonio da Uzzano von 1442 angehängt ist, heißt es (t. IV. p. 245): e a Zafia finisce la terra, che da qui innanzi non si trova terra.

50) Santarem memoria sobre a prioridade etc. p. 220 theilt die Stelle aus Ibn Khaldun über den Sklavenhandel der christlichen Schiffe nach der südwestlichen Küste von Marocco mit. Nach Ajurara a. a. O. p. 436 erfuhr der Infant Heinrich

im Jahre 1447, als er mit Messa Verkehr einleiten wollte, daß ein castilianischer Kaufmann Marcos Cisfontes bereits mit dieser Stadt Sklavenhandel betreibe.

51) Den Mangel dieser Belege gesteht D'Avezac zwar zu, indem er (nouvelles annales des voyages année 1845. t. IV. p. 27) schreibt: mais les documents contemporains qui en assuraient l'authenticité ont péri, et la critique moderne s'arme avec avantage de cette absence de preuves et de la nouveauté relative des relation alléguées pour contester la légitimité des récits qui montrent les Français établis en Guinée et jusqu' à la côte d'Or avant la fin du quatorzième siècle; elle est dans son droit et elle en use: nous aurions mauvaise grâce à le méconnaître, indessen will er sie doch zwar nicht als das einzige Moment, welches die Ansprüche der Portugiesen umstoßen, wohl aber als ein Beispiel früherer Fahrten festhalten. Er sagt deßhalb am Schlusse seiner Abhandlung (loc. cit. année 1846 t. II. p. 151), nachdem er zuerst angenommen hat, daß die älteren Reisen sich an den Goldfluß südlich vom Cap Bojador und die der Gebrüder Vivaldi im Jahre 1285 sich sogar an den Gambia erstreckt hätte:

Il ne s'agit donc plus d'engager, en faveur des traditions dieppoises, une lutte contre toutes les idées reçues, mais seulement de montrer, qu'elles offrent un exemple de plus de ces navigations européennes qui avaient précédé isolément à diverses dates, le grand mouvement maritime, qui a valu au Portugal une si magnifique page dans l'histoire du monde. — Ce n'est point à dire, que nous ayons la prétention de faire accepter comme incontestables dans tous leurs détails les récits tardivement rédigés de ces anciennes expéditions des marins normands; mais ces récits nous paraissent du moins admissibles en ce qui concerne les dates de départ et d'arrivée, les noms et le tonnage des navires envoyés, les chargements de retour, les particularités en un mot qui devaient être consignées sur les registres officiels du port d'armement; et ils nous paraissent, dans tous les cas, faire une loi entière quant à l'antériorité de nos navigations en Guinée, à l'égard de celles des Portugais.

Cette antériorité était attestée par les Africains eux-mêmes aux Hollandais, successeurs des Portugais; et certains indices matériels confirmaient à cet égard les déclarations des naturels.

D'Avezac hat es deßhalb versucht, aus den Aussagen der Eingebornen, welche sich bei holländischen Schriftstellern finden, das Dasein der französischen Colonie an der Goldküste im vierzehnten Jahrhunderte wenigstens wahrscheinlich zu machen, einen Beweis für dasselbe aber hat er gegen die Gründe, die Santerem sowohl in seiner memoria sobre a prioridade wie in feinen recherches aufgeſtellt hat, nicht zu liefern vermocht. Ueber den Brief des Uſodimare vom 12. Dezember 1455 bei Graberg annali di Geografia e di statistica Genova 1802 t. II. p. 287, auf welchen D'Avezac den Schluß gebaut hat, daß die Genueſer ſchon 1285 bis an den Gambia gekommen ſeien, vergl. man insbeſondere die kritiſchen Bemerkungen bei Santarem recherches p. 252 seq., durch welche er die Widerſprüche in dieſem Schreiben nachgewieſen hat.

52) Santarem essai sur l'histoire de la cosmographie etc. t. III. p. 167 u. 201.

53) Zurla a. a. O. p. 24.

54) Notices et extraits. t. XIV. P. II. pag. 66.

55) Der Reiſebericht des ſpaniſchen Mönches ſteht in der l'histoire de la premiere descouverte et conqueste des Canaries von Pierre Bontier und Jean le Verrier chap. 55 — 58. Von der Lage des Goldfluſſes heißt es chap. 58: et dict ainsi le frère Mandeant en son livre, que l'en ne compte du cap de Bugeder jusques au fleuve de l'Or que cent cinquante lieuës Françoises; et ainsi le monstre la carte etc.

Nach einer Nachricht, welche Graberg a. a. O. S. 290 aus einer Handſchrift des fünfzehnten Jahrhunderts mittheilt, führte der Goldfluß auch die Namen Rujaura und Bedamel, das Gold aber, welches man ihm entnahm, wird aurum de pajola genannt.

56) Eine Abbildung der Karte aus dem Muſeum des Cardinal Borgia findet ſich in: Sammlung der vorzüglichſten Denkmäler der Sculptur vorzugsweiſe in Italien vom 4.—16. Jahrh. geſammelt und zuſammengeſtellt durch Seroux d'Agincourt nebſt Einleitungen und erläuterndem Texte revidirt von Ferdinand von Quaſt, Berlin, Fol. Tafel 40, eine Beschreibung derselben bei Santarem essai sur l'histoire de la cosmographie t. III. p. 247 seq. Vom Reiche des Prieſters Johann heißt es p. 295: Nubia christianorum sedes presbyteri Johannis cujus imperium ab ostio Gadis per meridiem usque ad fluvium auri.

57) Nach einem Fragmente, welches Graberg aus der ſchon erwähnten Handſchrift in Genua mittheilt, hätte man ſchon im dreizehnten Jahrhunderte das Reich des Prieſters Johann nach Afrika verſetzt, denn es heißt dort S. 290: anno 1281 recesserunt de civitate Januae duae galeae patronisatae per D. Vadinum et Guidum de Vivaldis fratres volentes ire in levante ad partes Indiarum, quae duae galeae multum navigaverunt. Sed quando fuerunt dictae duae galeae in hoc mari

de Ghinoia una earum se reperit in fundo sicco per modum quod non poterat ire nec ante navigare, alia vero navigavit et transivit per istud mare usque dum venirent ad civitatem unam Ethiopiae nomine Menam, capti fuerunt et detempti ab illis de dicta civitate, qui sunt christiani de Ethiopia submissis presbitero Joanni ut supra. Civitas ipsa est ad Marmam prope flumen Sion; praedicti fuerunt taliter detempti, quod nemo illorum a partibus illis unquam rediit, qui praedicta narraverat.

Diese Handschrift gehört indessen, wie Santarem recherches p. 249 bemerkt hat, erst dem fünfzehnten Jahrhundert an und giebt deßhalb dieselben Nachrichten, welche seit dem vierzehnten vom Reiche des Priesters Johann verbreitet waren.

Auf der catalanischen Karte von 1375 und auf den späteren wird das Reich des Priesters Johann nach Afrika versetzt. Dieselbe Nachricht findet sich auch in der Beschreibung der Reise, die Lannoy 1422 nach Aegypten und Syrien machte, im 21. Band der archaeologia. London 1821. 4. pag. 327.

Im Anfange des vierzehnten Jahrhundertes schrieb man in Rom noch, wie das Breve Johann's XXII. von 1329 bei Wadding ad 1329 Nr. XV. zeigt, an den Kaiser von Aethiopien magnifico viro imperatori Aethiopum.

Im fünfzehnten Jahrhunderte schloß sich auch die päpstliche Kanzlei an die Meinung der Zeitgenossen an, denn Eugen IV. schrieb 1439 von Florenz aus an den Kaiser von Abyssinien carissimo filio presbytero Johanni imperatori Aethiopum illustri cf. Wadding ad 1439 Nr. 20; aber schon Calixt III. nannte 1457 den Regenten von Abyssinien bei seinem wahren Namen, wie die Urkunde bei Wadding ad 1457 Nr. 47 sagt: Constantinum Zara-Jacob regni Aethiopiae regem illustrem.

Die Portugiesen dagegen forschten unverdrossen nach dem Reiche eines christlichen Priesterfürsten in Afrika und wurden in ihrer Ansicht von dem Sitze desselben im Osten Afrika's auch durch eine abyssinische Gesandtschaft bestärkt, weil diese, wie Osorius mit den Worten fore ut ipsi multo humanius a nostris acciperentur andeutet, sich diese Meinung zu Nutzen machen wollten. Ueber diese Versuche der Portugiesen vergl. man den Bericht, welchen Santarem im bulletin de la société de géographie Série III. t. V. Paris 1846 pag. 5 seq. über die neuere Arbeit eines portugiesischen Schriftstellers memoria chronologica acerca do descobrimento das terras do preste João das Indias e embaixadas que a elle enviaram os Portuguezes coordenada por Albano da Silveira e publicada no segundo numero da quinta serie dos annaes maritimos e coloniaes. Lisboa na imprensa nacional 1845 erstattet hat.

54

58) Et si les choses de pardeçu sont telles comme le livre du frere Espagnol le devise, et aussi ceux qui ont frequenté en ces marches, dient et racomptent, à l'ayde de Dieu et des Princes et du peuple Chrestien, l'intention de Monsieur de Bethencourt est d'ouvrir le chemin du fleuve de l'Or. l. c. p. 106.

59) Diese Ansicht hat schon Zurla a. a. O. p. 25 mit den Worten ausge-sprochen: sembra che si abbia voluto applicare le vetuste teorie oscure del Niger ad un fiume ricco d'oro scorrente per quella costa, della cui esistenza v'era an-tica fama. Sie bestätigt sich durch einen Vergleich der Stelle aus dem Reiseberichte des spanischen Mönches in der histoire de la premiere descouverto et conqueste des Canaries chap. 57 von den goldgrabenden Ameisen an den Ufern des Goldflusses mit dem Berichte des Solinus cap. 31 und den Erzählungen, die im Mittelalter hierüber verbreitet waren bei Berger de Xivrey traditions tératologiques Paris 1836 8. p. 259 seq.

60) Santarem recherches pag. 227 seq.

61) Die Reisen des Venezianers Marco Polo im dreizehnten Jahrhunderte. Zum erstenmale vollständig nach den besten Ausgaben deutsch mit einem Commentar von August Bürck. Nebst Zusätzen und Verbesserungen von Karl Friedrich Neumann. Leipzig 1845. 8 Buch III. Kap. 36. S. 575.

62) Abulfeda a. a. O. t. II. p. 208: La ville de Daghouta est la dernière du pays de Sofala et la plus avancée de la partie habitée du continent (du côté du midi). Sa longitude est de cent neuf degrés, et sa latitude de douze degrés (au midi de l'équateur).

63) E dolore pello storico il non poter presentar qui all' istrutto leggitor desioso le prime cognizioni di quelle Indie, cui portavansi i Pisani, per il qual passaggio la Dogana del Cairo doveva puntualmente, per patto stabilito dal Sul-tano con essi, apparecchiargli ogni cosa opportuna; quali i modi, quali precisamente le vie che tenevano; con chi trattavano colà, come vi commerciavano e vi si provvedevano, quali le loro caravane, quale poi la loro navigazione nello sco-nosciuto Eritreo, come l'andata, come il ritorno. La perdita delle lor carte segrete e degli appunti della Dogana del Cairo è veramente da compiangersi: ma certo dunque egli è che ad essi eran cognite le posizioni delle dovizie eritree, et i mari, e le diverse coste e le isole della Persia, del Guzurat, del Coromandel e di tutte le Indie orientali. L'Italia ne prendeva contezza dagli Arabi che le frequen-tavano e vi commerciavano di prima mano. Fanucci storia dei tre celebri popoli marittimi dell' Italia. Pisa 1818. 8. Livro II. p. 94.

64) Marini Sanuti secreta fidelium crucis lib. I. p. I. c. 1: „Soldanus verò per terras quas tenet, non permittit aliquem christianum transire qui in Indiam cupiat transfretare“ in Bongars gesta dei per Francos ed. Hanoviae 1611. fol. tom. II. p. 23.

65) Barros Decada I. liv. VIII. cap. IV.: cá são aqui as correntes tão grandes, que em breve apanham huma náo, e sem vento, e sem véla a levam a parte, em que corre os perigos, de que os nossos navegantes são boa testemunha. Da qual causa chamárom Cabo das correntes áquella ponta, que faz a terra firme opposta ao fim Occidental da Ilha S. Lourenço, porque neste termo se espedem as aguas mui furiosas, e correm mui livres per largo campo de mar, como quem sahe do carcere de antre estas duas terras. De maneira, que não sómente achem os mareantes nesta passagem differença no curso das aguas, mas ainda novos tempos de monção pera a parte de Levante, e Ponente: cá todolos ventos se apanham no estreito dentre estas duas terras. E como os Mouros desta costa Zanguebar navegam em náos, e Zambucos coseitos com cairo, sem serem pregadiças ao modo das nossas, pera poderem soffrer o impeto dos mares frios de terra do Cabo de Boa Esperança, e isto ainda com monções, e temporaes feitos, e mais tem já experiencia em algumas náos perdidas, que esgarráram contra esta parte do grande Oceano Occidental, não ousaram commetter este descubrimento da terra, que jaz ao Ponente do Cabo das correntes, posto que muito o desejassem, como elles confessam, principalmente os da Cidade Quiloa, que foi a major descubridora de todalas Cidades daquella costa, porque della se povoou grande parte da terra firme, e das Ilhas adjacentes, e alguns portos da Ilha S. Lourenço por ella estar situada quasi no meio desta costa, ante a Cidade Magadaxo, e o Cabo das correntes.

66) Ribeiro dos Santos a. a. O. p. 291: Para tornar de todo evidente, que as demarcações destes mappas não podião passar muito adiante do dito Cabo das Correntes, o qual se devia então reputar nos confins da Africa examinemos as inscripções de cada huma delles, e seja o primeiro o do Infante D. Pedro. Tinha este debuxado hum cabo com a denominação de fronteira d'Africa etc.

67) Santarem essai sur l'histoire de cosmographie t. III. p. 294: Hic mulieres yrsute ferocissime, sine maribus partum ferunt.

68) Quatremère sagt in einer Note zu Abu Obaid in notices et extraits t. XII. P. I. p. 642: „Si l'on en croit un historien de Maroc (manuscrit 825. p. 5) les

habitans du pays des Noirs qui ont Ganáh pour capitale professèrent la religion chrétienne jusqu' à l'année 469 de l'hégire. A cette époque ils embrassèrent l'islamisme.

69) Abulfeda a. a. O. p. 223. Jbn Batuta a. a. O. p. 233 und 235. Den Uebertritt des Sultan von Dongola Jbn Renz ed-din zum Jslam erzählt Jbn Batuta p. 202.

70) Man vergl. Note 20.

71) Man vergl. Note 35.

72) Mansi conc. t. XIX. p. 657 seq.: insuper recte contra Gummitanum episcopum *dignitatem Carthaginiensis ecclesiae* defendistis, quia sine dubio post romanum pontificem primus archiepiscopus et totius Africae maximus metropolitanus est Carthaginiensis episcopus, nec *pro aliquo episcopo* in tota Africa potest perdere privilegium semel susceptum a sancta romana et apostolica sede: sed obtinebit illud usque in finem saeculi, et donec in ea invocabitur nomen domini nostri Jesu Christi, *sive deserta jaceat Carthago, sive resurgat gloriosa aliquando.*

73) Mansi conc. t. XX. ep. Greg. VII. lib. I. ep 23.

74) Pagi critica ed. Antverpiae 1705. Fol. t. IV. p. 251 nro. 13 will, daß Carthago ohngeachtet der Zerstörung durch die Eroberer als Sitz des Erzbißthumes fortbestanden habe. Er sagt, licet Carthago saeculo septimo a Saracenis moenibus nudata fuisset, suos tamen semper incolas habuerat, ex quibus non pauci christiani erant, allein diese Annahme ist unhaltbar, denn die arabischen Geographen schildern Charthago ebenso wie Leo IX. im Zustande der Zerstörung. Bei einem anonymen Geographen aus dem Schlusse des zwölften Jahrhundertes findet sich die von den übrigen abweichende Nachricht, daß die Stadt zwar zerstört worden sei, das Schloß aber noch bewohnt werde. Man vergl. Vortrag über ein vorgelegtes Druckwerk: description de l'Afrique par un Arabe anonyme du sixième siècle de l'hégire. von Professor v. Kremer. (Aus dem April-Hefte des Jahrganges 1852 der Sitzungsberichte der philos.-histor. Classe der kaiserl. Akademie der Wissenschaften (VIII. Bd. S. 389) besonders abgedruckt.) Wien 8. S. 9.

75) In Mehadia war die Zahl der Christen, als Roger von Sicilien (1147) die Stadt eroberte, bedeutend. Exploration scientifique a. a. O. t. VI. p. 182. In dem Zeugnisse des Abu Obaid im eilften Jahrhunderte eine schöne Kirche notices et Tlemsen hatten die Christen nach extraits t. XII. P. I. p. 535. Im vierzehnten Jahrhunderte hatten sie in derselben Stadt nach dem Zeugnisse des Jbn Khaldun mehreren

Kirchen mit freier Religionsübung. cf. journal asiatique Serie III. t. XI. Paris 1841. 8. p. 18. In Marocco waren Christen, welche von gefangenen Gothen edlen Geschlechtes abstammten und theilweise (vergl. Note 93) später nach Spanien zurückkehrten.

76) Mansi conc. t. XX. p. 204. Gregor VII. schreibt an den Erzbischof Cyriacus von Carthago: pervenit ad aures nostras quod Africa, quae pars mundi (hier fehlt das Wort tertia) esse dicitur, quaeque etiam antiquitus, vigente ibi christianitate, maximo episcoporum numero regebatur, ad tantum periculum devenerit, ut in ordinando episcopo tres non habeat episcopos etc.

77) Der Brief bei Mansi loc. cit. lib. 3. ep. 21 trägt die Aufschrift Gregorius episcopus servus servorum dei Anzir regi Mauritaniae Sitiphensis provinciae in Africa salutem et apostolicam benedictionem.

78) Mansi loc. cit. p. 204.

79) Edrisi ed. Jaubert. t. I. p. 246.

80) Schelstrate ecclesia africana. Parisiis 1679. 4. Diss. IV. cap. 7. p. 323.

81) Gil Gonzalez Davila compendio historico de las vidas de los gloriosos San Juan de Mata y San Felix de Valois. Madrid 1630. 4. Linas: bullarium coelestis ac regalis ordinis B. M. de Mercede redemptionis captivorum Barcinonae 1696. Fol.

82) Davila loc. cit. p. 19. Innocentii III. epistolae ed. Baluz. t. I. p. 340. Der Brief ist überschrieben: Miramolino regi Marrochetano et subditis ejus. Von der Stiftung der Trinitarier heißt es: Sane viri quidam, de quorum existunt numero praesentium portitores, nuper divinitus inflammati regulam et ordinem invenerunt, per cujus instituta tertiam partem proventuum omnium quos vel nunc habent, vel in futurum poterunt obtinere, in redemtionem debent expendere captivorum; et ut melius valeant suum propositum adimplere, cum saepe facilius per commutationem quam per redemptionem de captivitatis ergastulo valeant liberari, ut paganos captivos a christianis redimant est concessum quos pro liberandis christianis debeant commutare. Ceterum quoniam opera quae praemisimus et christianis expediunt et paganis, hujusmodi vobis duximus per apostolicas literas intimanda. Inspiret autem vos ille qui via, veritas est et vita, ut agnita veritate quae Christus est ad eam venire quantocius festinetis.

83) Raynald ad 1219 nro. 46. Et quidem cum nos, quibus Christus licet immeritis, gregem suum et ovile commisit, exercere inter Christianos patiamur innumeram legis tuae hominum multitudinem ritus suos, ut in hoc nostrae ac tuae gen-

97) Baluz. miscell. ed. Mansi, Lucae 1762, fol. t. III. p. 100.

98) Viera y Clavijo hat in seiner Geschichte der kanarischen Inseln t. IV. p. 11 darauf aufmerksam gemacht, daß sich in einer Ablaßbewilligung für das Kloster Melk in Oesterreich vom 18. Mai 1353 ein Fr. Bernardus insularum Fortuniae episcopus unterzeichnet finde.

99) Barros Decada I. liv. I. cap. 2. Donde assi na tomada de Cepta, como as outras vezes que lá passou, sempre inquiria dos Mouros as cousas de dentro do sertão da terra, principalmente das partes remotas aos Reynos de Féz, e Marrocos. A qual diligencia lhe respondeo com o premio, que elle desejava, porque veio saber per elles não sómente das terras dos Alarves, que são vizinhos aos desertos de Africa, a que elles chamam çahará, mas ainda das que habitam os póvos Azenegues, que confinam com os negros de Jalof, onde se começa a regiao de Guiné, a que os mesmos Mouros chamam Guinauhá, dos quaes recebemos este nome.

100) Bürck, die Reisen des Venezianers Marco Polo. S. 20.

101) König Emanuel nahm um 1499 diesen Titel an. Ribeiro, dissertações chronologicas. Tomo II. Lisboa 1811. 8. pag. 208.